# 森林太郎から
# 文豪・鷗外へ

石井郁男・著

水曜社

1916（大正5）年、54歳の鷗外。彫刻家武石弘三郎アトリエで
（国立国会図書館「近代日本人の肖像」より）

# 森林太郎から文豪・鷗外へ　目次


《序章》大きな謎、その人生行路は？……4
《第一章》「啐啄の機」だった……11
《第二章》進文学舎でドイツ語を学んだ……22
《第三章》東京医学校で何を学んだのか……33
〈第一節〉『ベルツの日記』、ドイツ人教授に教わる……33
〈第二節〉『ヰタ・セクスアリス』は「自叙伝」である……38
〈第三節〉軍医となった森林太郎……41
《第四章》軍医森林太郎の初仕事……45
《第五章》林太郎の『航西日記』を読む……49
《第六章》ドイツ留学で何を学んだのか……56
〈第一節〉ドイツ生活に飛び込んだ林太郎……56
〈第二節〉ロート軍医監の友誼……62
〈第三節〉ドイツ文学を耽読した林太郎……66
〈第四節〉ナウマンと論争した林太郎……71
〈第五節〉赤十字社同盟総会で演説した林太郎……74

《第七章》留学帰国後、林太郎の悩み……79
〈第一節〉赤松登志子と結婚、離婚、なぜなのか?……79
〈第二節〉隠し妻、児玉せきとは?……83
〈第三節〉再婚の妻・荒木茂子の喜びと悩み……85
〈第四節〉小倉時代の森林太郎……87
《第八章》陸軍軍医総監、陸軍省医務局長となる……93
〈第一節〉なぜ、二本足の活動なのか?……93
〈第二節〉なぜ「スバル」を創刊したのか?……96
〈第三節〉『歴史其儘と歴史離れ』とは?……98
〈第四節〉『諸国物語』など、翻訳で大活躍……104
《第九章》最高傑作『渋江抽斎』とは……109
《第十章》遺言「森林太郎トシテ死セントス」……113
《終　章》なぜ、森鷗外は大文豪なのか?……117
あとがき……121
森鷗外略年表……124

※本文中の作品引用部は適宜現代仮名遣いを使用し、読者の読みやすさを考慮して一部手を加えてあります。

《序章》

# 大きな謎、その人生行路は？

1969年4月、著者37歳の『日記』に、授業初日の記録がある。

「授業で教わりたいことを自由に書け」とアンケートすると、中学生たちは「紫式部・義経・信長のことを教えてほしい」と書いた。

「教科書の人物、名前だけしか知らないでは授業ができない。伝記を読まなければダメだ」と思って、私は学校図書館に駆け上がった。

伝記の棚、数えてみると約300冊もあるではないか。

まず、天文学で有名なコペルニクス、ガリレオ・ガリレイ、ニュートンなど数冊の伝記を連続的に読むことにした。これで天文学の大きな流れが見えてきたし、授業ができると思った。

次は、「江戸時代」の授業準備である。『江戸時代』（岩波新書、1958〈昭和33〉年刊）を読んだが、よくわからない。

学校図書館にあった江戸時代の人物15人の伝記を時代順に読むことにした。すると『江戸時代』のさまざまな事件が、映画の場面のように見えてきた。

生徒たちのアンケートに大感謝である。

１９８１年、49歳の私は郷土史研究の先輩から突然、「森鷗外を語れ」と依頼された。当時の論文『森鷗外の小倉時代――「戦論」翻訳をめぐって』が「鷗外」誌31号に掲載されている。

それから約40年間、鷗外の作品はかなり読んでいる。

２０２３年７月の北九州森鷗外記念会理事会で、講師を依頼されたのが今回の『森林太郎から文豪・鷗外へ』のテーマだが、これも大きな謎である。

49歳から始まった私の鷗外勉強はまだまだ序の口であるが、森林太郎の少年時代・学生時代・留学時代・作家時代を探れば「森林太郎が文豪・鷗外となった謎が解ける」のではないだろうか。

本書は、鷗外無知の私が挑戦する「謎解き物語」である。

「泰平の眠りを覚ます上喜撰《じょうきせん》　たった四杯で夜も寝られず」

1853（嘉永6）年6月3日、アメリカ東インド艦隊司令長官ペリーが軍艦4隻を率いて浦賀に来航した。幕府はもとより、日本各地で大騒ぎとなった。

ペリー（1794〜1858）は日本に関する大量の文献資料、なかでもシーボルトの『日本』を500ドルで購入し、丁寧に読んだ。

「日本人は体面を重んじる。脅せば従う国民性である。だから、長崎で話し合っても開国しない。正面から江戸に向かって、大砲で脅すに限る」

このように考えて軍艦を率いて浦賀に来航したのである。

翌年1月16日、ペリーは軍艦7隻を率いて再び来航した。

3月3日、幕府はペリーと「日米和親条約」を締結し、下田・箱館の2港を開いた。

1862（文久2）年8月21日、薩摩藩・島津久光の行列を横切ったイギリス人が斬られる生麦事件が発生し、翌年7月2日に薩英戦争となった。

1864（元治元）年8月5日、4国艦隊17隻の砲撃で下関戦争が始まった。

8月14日、長州藩と4国艦隊と講和が成立した。

「下関の西端の〈彦島〉を寄こせ」という要求に対して、長州藩代表の高杉晋作（1839〜67）が猛烈に反対した。「まるで悪魔のような形相であった！」と語られて

『ペリー提督日本遠征記』(国立公文書館蔵)

いる。

伊藤博文《ひろぶみ》（1841～1909）も、その場に通訳として同席していた。

下関戦争の実情を調べれば、幕末時代の厳しさがよくわかる。

薩英戦争・下関戦争の後、イギリスが薩摩・長州勢力の裏で工作し、フランスが幕府の裏で画策していた。

佐幕開国派と尊王攘夷派の激突で、日本国内は激しく動き始めた。

1868（慶応4）年1月3日、鳥羽・伏見の戦いから戊辰《ぼしん》戦争が始まった。イギリスとフランスの裏工作は、箱館の五稜郭《ごりょうかく》攻防戦まで続いている。

2024年、一万円札の肖像画が

福沢諭吉から渋沢栄一に替わるが、その裏には幕末から明治維新への時代の動きがある。

福沢諭吉（1835〜1901）は幕府の従者として、①アメリカ、②ヨーロッパ諸国、③再びアメリカに渡航し、帰国後、1866（慶応2）年に『西洋事情』などを出版した。本書は当時の大ベストセラーとなり世間を大きく動かした。

渋沢栄一（1840〜1931）は、1867（慶応3）年のパリ万国博覧会に随行し、明治維新後の日本経済の発展に大きな働きをしている。

当時の状況、明治維新時代の激動を見てみよう。

1868（慶応4）年3月14日、〈五箇《か》条の御誓文《ごせいもん》〉が発布された。

4月11日、江戸城が無血開城され、討幕軍が入城した。

大政奉還した15代将軍の徳川慶喜は、水戸へ退去し幕府が倒れた。

9月8日、明治と改元し、〈一世一元の制〉が制定された。

1869（明治2）年1月20日、薩・長・土・肥4藩主が版籍奉還を上奏した。6月17日、〈版籍奉還〉が断行され、全国の諸大名は藩知事とされた。

1871（明治4）年7月14日、〈廃藩置県〉の詔書が出された。

1872（明治5）年8月3日、〈学制布告〉で新しい教育制度が始まった。

1873（明治6）年1月10日、〈徴兵令〉が発布された。

1877（明治10）年2月15日〈西南戦争〉が開始されたが、9月24日西郷隆盛（1828〜77）が自刃して終わった。

幕末から明治初年の日本は、驚くほど急激な変化である。

1862（文久2）年1月19日、津和野藩に、森林太郎が誕生した。

生まれた時は単なる森林太郎であるが、幼年時代・学生時代・留学時代・社会人時代・作家時代と順を追って林太郎に自らの人生を語ってもらいたい。

森林太郎（1862〜1922）の人生はほとんど東京であるが、日清戦争（1894〜95）、日露戦争（1904〜05）に軍医部長として従軍している。

森林太郎はドイツ留学時代（1884〜88）が約4年間、小倉時代が約3年間であるが、軍務のほか作家活動でも奮闘という〈二本足の活動〉であった。

単なる「文豪」でなく、「大文豪」とされる理由は、まだわからない。

森林太郎は医学校（現在の東京大学医学部）に、12歳で入学し19歳で卒業している。医学生の頃のことは、『ヰタ・セクスアリス』（1909年「スバル」に掲載）に林太郎が自分の体験を詳しく語っている。

軍医となった森林太郎は22歳からドイツに4年間留学したが、その様子を、『独逸日記』に詳しく記している。この留学時代の体験が、「大文豪・鷗外」となった重要な根拠ではないのか？

作家森林太郎・鷗外の残した無数の作品・日記・書簡などを読み、その実像を探ることにしたい。

バイロン（1788〜1824）に「事実は小説より奇なり」という名言がある。

本書『森林太郎から文豪・鷗外へ』は、鷗外無知である私の挑戦である。

# 《第一章》
# 「啐啄の機」だった

幕末時代の日本は「啐啄《そったく》の機」であった。

幕藩政治のもとで大きく混乱していた日本に、アメリカからペリーの艦隊が浦賀に迫ってきた。

幕末日本には内部から殻を打ち破ろうとする力が沸き起こっていた。尊王攘夷運動、それが〈啐《そつ》〉である。

開国を迫るペリーの艦隊の浦賀来航が〈啄《たく》〉である。

「啐啄の機」とは、生まれ出ようとして内側から殻を破ろうとする雛の力〈啐〉と、殻の外側から親鳥が突く力〈啄〉で、雛が誕生するということの譬《たと》えである。

「啐啄の機」は、国家の場合でも、ある団体の場合でも、個人の場合にでも起こり得る。一番大事なのは、内部から殻を突き破り飛び出す〈啐〉の活力である。〈啄〉は外部から、その動きを促進する力である。

1862（文久2）年1月19日、石見《いわみ》国津和野《つわの》藩典医の森家に男児が生まれ、林太郎と名付けられた。森家の家族みんなで、津和野藩典医・森家の家格を向上させるという願いを長男の林太郎に託した。成人すれば、彼が森家の御主人様である。

赤児が内から殻を突き破り、母・峰子が外から殻をつついた。飛び出したのは、健康優良児であった。

誕生したのは男の子であったが、森家の長男だということで〈林太郎〉と名付けられた。

教師時代の私に一つの経験がある。

私が授業で黒板に「森林太郎」と書いた。すると中学生から「森林、太郎というのはどんな人なの？」と質問された。

「森林、太郎ではない。森、林太郎《りんたろう》と読むのだ。夏目金之助・漱石と森林太郎・鷗外、この二人が明治時代の有名な作家なのだよ」と説明した。

はたしてこの元気な男子・林太郎は、どのような人生を送るのか、築きあげて進むのか。それは、まだわからない。

津和野町の眺め（Wikimedia Commons より／撮影：鹿羽太郎）

この「啐啄の機」は、マザー・コンプレックスの典型的な姿でもある。

森家では、母・峰子が中心となって林太郎の教育に当たった。

母・峰子は仮名文字から学び始め、息子・林太郎と一緒に『論語』を読んでいる。林太郎は勉強の好きな少年であった。

林太郎が勉強すると、母・峰子は喜んだ。するとまた林太郎のヤル気が強くなった。

5歳の時、林太郎は村田久兵衛から『論語』の「学んで時に之を習う。また説《よろこばし》からずや」などを学んでいる。

6歳の時、林太郎は米原綱善から『孟子』の「何ぞ必ずしも利をいわん。

ただ仁義あるのみ」などを学び、「大切なのは自分ではない。世の為にやる事が大切なのだ」と感じた。

林太郎は漢文で書かれた『論語』『孟子』を読んで、その意味がわかってきた。意味がわかると、大きな声で読むことができるようになった。

『本家分家』（1915〈大正4〉年刊）は、〈森林太郎・鷗外の〝自叙伝〟〉として有名である。

「吉川博士の家には、博士の祖父から博士の母を通じて、一種の気位の高い、冷眼に世間を視る風と、平素実力を養って置いて、折もあったら立身出世をしようと云ふ志とが傳《つた》はってゐた」

吉川博士は、著者森林太郎・鷗外のことである。

「平素実力を養って置いて、折もあったら立身出世をしよう」というこの志は、幼年時代から養われた林太郎の生涯にわたる根本精神であった。

「祖父から博士の母を通じて」が重要である。

祖父の名は森家12代の白仙である。父・静男が森家13代、そして森家14代が森林太郎である。

右：鷗外の父、森静男／左：母、峰子（文京区立森鷗外記念館蔵）

「立身出世というのは、狭い自分の利益ではなく、広く世間のために働ける人間になるということである」。この信念を、森林太郎は生涯貫いている。

『ヰタ・セクスアリス』（1909〈明治42〉年発表）は、著者森林太郎が若い頃の〝自叙伝〟である。

「六つの時であった。中国の或る小さいお大名の御城下にいた。廃藩置県になって、県庁が隣国に置かれることになったので、城下は侘しくなった。お父様は殿様と御一しょに東京に出ていらっしゃる。お母様が、湛《しづか》も最《も》う大分大きくなったから、學校に遣《や》る前から、少しずつ物を教へて置かねばならないというので、毎朝假名《かな》を教えたり、である。

手習をさせたりして下さる」

〈湛《しづか》〉は作品の著者哲学教授・金井湛のことだが、その本当の著者は森林太郎・鷗外である。

7歳になって、林太郎は藩校養老館で『四書』を学んだ。『四書正文』とは、『大学』『中庸』『論語』『孟子』の4冊の漢書のことである。

養老館では津和野藩主親裁の大試験が、春・秋に2回ほどあった。

林太郎は「成績抜群である」と高く評価され、『四書正文』を授与された。

1870（明治3）年、林太郎8歳の時に、『四書集註』を藩主から手渡しで授与されている。

当時の藩主・亀井茲監《かめいこれみ》は教育を重視し、養老館を通じて国学・神道・武道で津和野藩を盛り立てようと計っていた。

茲監は1885（明治18）年3月23日に保養先の熱海温泉で亡くなっているが、林太郎は生涯にわたって、この旧藩主を尊敬していた。

優秀な学業が大試験で藩主に認められ表彰されたことで、林太郎の精神に火がついた。

この場合も「啐啄の機」である。外に飛び出そうとする林太郎が〈啐〉、上から激励した藩主亀井茲監が〈啄〉である。

幼い林太郎が学んだ藩校養老館

林太郎が学んだ『論語』に、孔子の言葉がある。

「吾十有五にして学に志し、三十にして立ち、四十にして惑わず、五十にして天命を知る。六十にして耳順（みみしたがう）。七十にして心の欲する所に従いて矩（のり）を越えず」

①「志学（しがく）15歳」②「而立（じりつ）30歳」③「不惑（ふわく）40歳」④「知命（ちめい）50歳」⑤「耳順（じじゅん）60歳」⑥「従心（じゅうしん）70歳」

林太郎の心にも、この孔子の言葉が刻み込まれた。

〈十で神童、十五で才子、二十過ぎ

ては只の人〉という諺もある。

いくら天才であっても、途中で挫ければただの普通の人間になる。

はたして、林太郎はどのような人生を送ったのであろうか？


林太郎は、6歳の時に『孟子』を学んでいる。

孟子は中国の戦国時代の思想家である。仁義王道による政治を説き、自ら孔子の後継者をもって任じ、性善説・易姓革命説を唱えた。

〈性善説〉は、人間の本性は悪であるが、たゆみない努力・修養によって善の状態に達することができるという論である。

〈易姓革命説〉は、天子は天命を受けて国家を統治しているが、天子の徳が衰えれば天命も改まり、有徳者が新たに王朝を創始すべきだという説である。


当時の日本で最も進んだ医学は、オランダ医学であった。日本の医師たちは長崎の出島《でしま》に赴任する医師から学んでいた。

シーボルト（1796~1866）が、長崎に開いた〈鳴滝《なるたき》塾〉は有名である。診察と医療に当たり、日本の西洋医学発展に大きな影響を与えた。

津和野の森鷗外旧宅

鷗外旧宅に隣接する森鷗外記念館敷地内にある鷗外胸像

毎年春、長崎のオランダ人のカピタン（商館長）が江戸に出てきて、将軍に挨拶することになっていた。新しい学問が、オランダから長崎を通じて、江戸に伝えられていたのである。

江戸時代の医学に、少しずつオランダ医学が伝わっていた。その一コマの動きである。1771（明和8）年3月3日、杉田玄白《げんぱく》（1733〜1817）のもとに手紙が届けられた。

「あす、千住の骨ヶ原《こつがはら》（小塚原）で、腑分けがある」という報せだった。

杉田玄白は、『解剖学表』というオランダ語の本を手に持って人体解剖の現場に立ち会った。

その後、蘭学の仲間が集まり、苦労の結果『解体新書』が1774（安永3）年正月に、江戸室町《むろまち》の須原屋から出版された。

『解体新書』の発行は、蘭学による医学発展の第一歩であった。

林太郎の学業も同じである。先ず自分の内面の意志・努力があって、彼自身の表面に学業進歩の歩みが現れるのである。

1870（明治3）年、8歳の林太郎は、11月、父・静男にオランダ語文法の初歩を学び始めた。

１８７１（明治４）年、９歳の林太郎は、夏頃から藩校教授の室良悦に「オランダ文典」を個人授業で学んでいる。

11月、廃藩置県で津和野藩の養老館が閉鎖された。江戸時代の幕藩体制が崩れ、大名支配の藩が県制度に大きく変わったのである。全国一斉に藩校がなくなり、庶民も学ぶ寺子屋の時代となっている。

１８７２（明治５）年に福沢諭吉の『学問のすすめ』が出版され、各種の学校で学ばれることになった。

林太郎は『論語』『孟子』から「オランダ文典」へと進んでいるが、それはまだ第一歩である。

その第二歩、第三歩は、どのようにして進んだのだろうか？

《第二章》

# 進文学舎でドイツ語を学んだ

当時、プロイセン王国の外交の主役はビスマルク（1815～98）であった。「プロイセンは、国内がバラバラでまとまっていない。弱い国だ」と、ナポレオン三世に吹聴している。

普仏戦争の裏に、ビスマルクの策略があった。ナポレオン三世が戦争を始めるようにさそったのである。

1870年7月19日、戦争が始まると直ちにプロイセン軍は動員令を発し、セダンの攻略戦でナポレオン三世は捕虜とされた。

1871年1月18日、プロイセンが普仏戦争に勝利し、パリ郊外のベルサイユ宮殿でドイツ帝国が成立した。

もともとドイツ地方は約30の小国の連合体で、その中で最強国がベルリンを首都とするプロイセンであった。

以後、ヨーロッパ大陸ではドイツ帝国が最強国の地位を占めるようになった。その中心は鉄血宰相ビスマルクであった。

1872（明治5）年6月26日、10歳の林太郎は父・静男と共に上京した。森家と姻戚関係の西周《にしあまね》（1829～97）が、上京をすすめたのである。西周は24歳で江戸に出て漢学から蘭学に転じ、洋学専念のため脱藩した後、幕府の「蕃書調所」に入った。

「蕃書調所」は、江戸末期、洋学教授および洋書・外交文書の翻訳のために設けた学問の機関である。

西周は、森林太郎の誕生した1862（文久2）年にオランダに留学し、オランダのライデン大学で3年間学んだ。

当時、ライデン大学はヨーロッパ世界で最高の学問の府であった。東洋の日本のことが分かる唯一の大学だった。

人間のことを学名でホモ・サピエンス（賢い人）と名付けたリンネ（1707～78）はスウェーデンの博物学者であるが、このライデン大学で3年間学んでいる。

西周は、世界第一の大学で3年間学んで帰国したのである。

「フィロソフィ」を、日本語で「哲学」と名付けたのは西周であった。
同じ漢字国の中国・韓国も、西周に倣って、中国語で「哲学」（チョル・ハク）、韓国語で「哲学」（チェー・シェ）である。同じ漢字の「哲学」を使って、発音が違うだけである。

1865（慶応元）年12月、西周は帰国したが、その後まもなく大政奉還、王政復古で幕府が崩壊した。

1868（慶応4・明治元）年、西周は幕府崩壊まで徳川慶喜に従っていた。明治元年となって、徳川家は静岡藩主となった。

全国を支配していた幕府は天皇に政権を返還し、慶喜は静岡藩領主になっていた。
西周は徳川静岡藩の沼津兵学校の校長に任じられ、学制の制定をはじめ諸事を管轄していた。藩内の政治改革・産業育成・教育改革など多忙を極めていた。

1870（明治3）年9月28日、山県有朋《ありとも》（1838〜1922）の要請を受けた藩命により西周は上京し、兵部省に出仕したのである。
明治時代の陸軍軍制立案はすべて、陸軍卿山県有朋のブレーンである西周に委ねられることになった。

大村益次郎（１８２５～１８６９）は、はじめ村田蔵六と名乗っていたが、戊辰戦争ですぐれた軍事指揮を執った。

１８６８（慶応４・明治元）年５月15日、上野の彰義隊を１日で撃破した司令官は大村益次郎であった。日本の兵制をフランス式に改革することに尽力したが、翌年、反対派浪士に襲われ死去した。

日本陸軍の兵式は大村益次郎の死後、フランス式からドイツ式に大きく変更されることとなった。普仏戦争の結果が、大きく影響している。

林太郎に上京をすすめた西周
（国立国会図書館「近代日本人の肖像」より）

西家と森家は近い親戚であり、西周と森・峰子は従兄妹であった。

林太郎と静男が上京した翌年の１８７３（明治６）年６月30日、祖母・清子、母・峰子、弟・篤次郎、妹・喜美子も上京した。

林太郎は神田小川町の西周邸に寄寓し、西周邸から進文学舎（進文学社）に通ったが、高額の学費などもすべて西周が出している。

当時、進文学舎は英語、フランス語が人気コースだったが、西周が選んだのは生徒数の少ないドイツ語コースであった。

西周が森林太郎にドイツ語コースを選ばせたのは、日本陸軍がフランス方式からドイツ方式へ転換したからである。


『本家分家』に、次のように記されている。

「父の舊藩主から受ける月給が十五圓であつたと云ふことで、……博士の通つてゐる本郷壱岐坂の進文学舎で、Ｗｅｂｅｒ（ウエバー）の万国史を教科書にした時、博士は始て書物らしい書物を讀むことになつたのを喜んで、父にそれを買つて貰ひたいと云つた。其時父が五圓の札を出して〝これは己の月給の三分の一ぢやがな〟と云つて、意味ありげに顔を見たのを、博士は記憶してゐる」

廃藩置県後になって、津和野藩の典医であった森静男は、旧藩主から15円の月給を貰っていた。

〈博士〉とは、10歳の少年・森林太郎のことである。

その当時のことを記した〈森林太郎履歴書〉がある。

「明治五年八月出京本郷壱岐殿坂進文学舎に入り《アトルフヘルム》独《どいつ》乙人ニ就テ独乙語数学及地理学ニ従事シ」

森林太郎は、アトルフヘルムというドイツ人の教師から、ドイツ語・数学・地理学を教えてもらったのである。

林太郎は、養老館時代にオランダ語を学んでいたから、ドイツ語はよく理解できた。オランダ語とドイツ語は、標準語と方言のようなもので、非常に近い関係にある。

シーボルトはドイツの医者・博物学者であるが、1823（文政6）年、長崎のオランダ商館の医師として来日し、長崎に〈鳴滝塾〉を開設して日本の西洋医学発展に影響を与えた重要人物である。

日曜日は、ドイツ語でSonntag（ゾンターク）、オランダ語でZondag（ゾンダーク）、日本語の博多弁で「博多どんたく祭り」である。

1884（明治17）年、正岡子規《しき》（1867〜1902）は、不得手な語学を学ぶために本郷の進文学舎へ通った。英語コースであった。そこで子規は坪内逍遥《しょうよう》（1859〜1935）から英語を学んでいる。

林太郎同様、坪内逍遥に師事した
正岡子規
（国立国会図書館「近代日本人の肖像」より）

英語が嫌いな子規であったが、「逍遥の講義は落語のようだった」という感想を述べている。「落語のような逍遥の講義が面白くて、英語の勉強はあまり身に着かなかった」と言っている。

当時、正岡子規が熱中していたのは講談だった。偶然、寄席《よせ》で、夏目金之助・漱石と出会った。講談大好きのおかげで、漱石は『吾輩は猫である』『坊っちゃん』で作家となったのである。

坪内逍遥に英語を学んだ正岡子規は、その時17歳であった。

森林太郎は1872（明治5）年8月、進文学舎のドイツ語コースを選択したが、林太郎は10歳であった。

彼は〈10歳〉でドイツ語コース、正岡子規は〈17歳〉で英語コースである。いずれにしても、二人は同じ進文学舎の同窓生であった。

いかに早熟であったかがよくわかる。

進文学舎では、養老館教育にはなかった〈数学〉があった。

林太郎は数学に新鮮な興味を覚えた。数学は物事を論理的順序に従って考える基礎の学問である。

Ｗｅｂｅｒの万国史のことを「始て書物らしい書物を讀むことになつたのを喜んだ」と、書いている。

中国の漢学も楽しかったが、世界の地理や万国史にまだ知らない広い世界があることを知って心が弾んだのである。

彼の人生にとって、進文学舎時代は彼の視野を学問の世界へと大きく広げてくれた重要な期間であった。

大哲学者カント（１７２４～１８０４）は「まず場面である。次いで時間の順に物事が進む」と言っている。

林太郎が学んだ場面は、①養老館、②進文学舎、③医学校の順である。

その場面で物事がどのように進むのかを見ていきたい。

林太郎が進文学舎で２年間ドイツ語を学んだことは、次の医学校でのドイツ人教授の講義・授業を理解する窓口が開かれたということである。

さらに前に進み、そこで〈何をつかむのか〉も重要である。

大切なのは〈林太郎の心の動き〉である。彼の意志、彼だけにある特異な意志を探りたい。幼年時代は森家全員の期待がかかり、幼いながら林太郎は勉強一筋であった。

現在で言えば、小学校に入学する前の心構えである。林太郎には、この心構えがしっかり確立されていた。普通の他の子供とは違っていた。『論語』『孟子』などを学び、ヤル気にはなっていた。

『ヰタ・セクスアリス』に「子供の頃から、凧揚げもせず、独楽遊びもしなかった」と記している。

林太郎は人生のスタートラインで、既に先頭を走っていた。それもかなりの差をつけて走っている。

とにかく、森林太郎はすべての地点で、スタートが早いのである。

①養老館時代に藩主から特別に表彰され、漢学からオランダ語へ。

②進文学舎（10〜11歳）でドイツ語、さらに数学・世界の地理と歴史へ。

③医学校（12〜19歳）では、どのように進むのであろうか。

何か新しい変化はあるのだろうか。林太郎は常に上昇志向である。何か新しい試みをしているだろうか。

ただし〈自然は飛躍せず〉という大鉄則がある。

すべての物事には、順序がある。人生は人それぞれであるが、林太郎は具体的にはどのような道をどのように進んでいったのであろうか。

とりわけ医学校（12〜19歳）時代が重要だと思われる。

森林太郎は、学生時代の約10年間をどのように過ごしたであろうか？

『ヰタ・セクスアリス』が面白い。彼の体験・事件などがさまざまに語られている重要文献である。


「十になった。お父様がすこしずつ英語を教えて下さることになった。内《うち》を東京へ引き越すようになるかも知れないという話がおりおりある」

そこへ勝が来た。


「遊びましょうや」これが挨拶である。僕は忽ち一計を案じ出した。

「うむ。あの縁から飛んで遊ぼう」

僕は先ず裸足で庭の苔の上に飛び降りた。勝も飛び降りた。僕は又縁に上って、尻をまくった。

「こうして飛ばんと、着物が邪魔になっていけん」

僕は活発に飛び降りた。見ると、勝はぐずぐずしている。

「さあ、あんたも飛びんされえ」

勝は暫く困ったらしい顔をしていたが、無邪気な素直な子であったので、とうとう尻をまくって飛んだ。僕は目を円くして覗いたが、白い脚が二本白い腹に続いていて、なんにも無かった。僕は大いに失望した。

『ヰタ・セクスアリス』は、森林太郎の体験談である。学生時代になると、もっと面白い話がたくさん出てくる。

# 《第三章》東京医学校で何を学んだのか

## 〈第一節〉『ベルツの日記』、ドイツ人教授に教わる

１８７４（明治7）年1月、12歳の林太郎は東京医学校一等予科生となった。

父・静男が「森林太郎は、万延元年生まれの14歳である」と届けて、12歳の林太郎を2年早く入学させたのである。

林太郎が医学校に入学すると、同級生はみな背が高く偉そうに見えたが、最年少者なのにドイツ語の学力では誰にも負けなかった。

『ベルツの日記』は、エルヴィン・ベルツ（１８４９〜１９１３）の死後、息子のトク・ベルツが編集し、日本では、１９７９（昭和54）年に岩波書店から出版された重要文献である。

１９００（明治33）年5月9日、『ベルツの日記』に、次のような驚くべき文章がある。

「一昨日、有栖川宮邸《ありすがわのみや》で東宮成婚に関して、またもや会議、その席上、伊藤の大胆な放談には自分も驚かされた。半ば有栖川宮の方を向いて、伊藤のいわく『皇太子に生れるのは、全く不運なことだ。生まれるが早いか、到るところで礼式の鎖にしばられ、大きくなれば、側近者の吹く笛に踊らされねばならない』と。そう言いながら伊藤博文は、操り人形を糸で踊らされるような身振りをして見せたのである。ある日本人が次のように表明した。『この国は、無形で非人格的の統治に慣れていて、これを改めることは危険でしょう』と」

この文を読むと、『ベルツの日記』は世間のことを、〈裏話〉も含めて率直に記録した重要な日記だということがよくわかる。

1881（明治14）年9月、32歳のベルツは17歳の日本娘と結婚し、清々しく美しい彼女を「ハナ」と名付けた。二人の長男がトクである。

ベルツは明治初年のいわゆる「お雇い外国人」である。日本の伝染病・寄生虫病を研究し、公衆衛生や伝染病の予防に貢献した。

ベルツ博士は、妻・ハナを得て日本を愛し日本に長く留まっている。

1905（明治38）年の帰国まで、東京大学退官後も皇室侍医の仕事を続けている。

帰国直前の6月3日、ドイツ人牧師の手でハナ夫人の洗礼を行い、ベルツ夫妻の新教（ルター派）による婚礼が挙行された。ベルツ博士はドイツ帰国後の1913年に、シュトゥットガルトで動脈瘤のため死去している。享年64であった。

森林太郎は医学校に12歳で入学し、19歳で東京大学医学部を卒業している。当時の医学校は、どのような授業だったのか？

『ベルツの日記』（9～10頁）に、当時の医学校でのドイツ人教授陣が、語学・博物学・数学・理化学・解剖学・生理学・外科・内科・製薬学ごとに記されている。授業はすべてドイツ語であった。

日本にも明治初期、西洋の技術・学芸を摂取するため、官公庁・学校などに多くの「お雇い外国人」が雇われていた。

ダーウィン（1809～82）の『種の起原』が1859年に発表され、学会では広く認められつつあった。世界各国で、ダーウィンの学説を支持する学者が活躍していた。

1877（明治10）年から2年間東京大学の動物学の教授として滞在したアメリカ人・モース（1838～1925）が、ダーウィンの学説を紹介している。

東京医学校の教授陣が、揃ってドイツ人教授であったというのは当然のことであった。

1876（明治9）年6月26日付けの『日記』に、ベルツ教授の言葉がある。
「着いてから5日で、すぐ生理学の講義を始めましたが、学生たちの素質はすこぶる良いようです。講義はドイツ語でやりますが、学生自身はよくドイツ語がわかるので、通訳は実際のところ単に助手の役目をするだけです」

この6月26日が、ベルツが日本に来て最初の講義であった。

生理学の講義をしたベルツ教授は27歳、授業を受けた森林太郎は15歳であった。

林太郎は余暇に熱心に「漢詩」の勉強をしていたが、さらに江戸時代の読本・人情本・随筆などを貸本屋から借りて耽読《たんどく》していた。

『ヰタ・セクスアリス』に、森林太郎は次のように書いている。

「僕は寄宿舎ずまいになった。生徒は十六七位なのが極若いので、多くは二十代である。寄宿舎には貸本屋の出入りが許してある。僕は貸本屋の常得意であった。馬琴を読む、京伝を読む。人が春水を借りて読んでいるので、又借をして読むこともある。自分が梅暦の丹次郎のようであって、お蝶のような娘に慕われたら、愉快だろうというような心持が、始てこの頃萌《きざ》した」

医学だけから足をさらに外へ踏み出している。当時、「漢詩」の勉強もしている。この幅の広さが、林太郎の特異な性質である。何か他の人と違うことを実行している。授業中にベルツ教授はゲーテの『ファウスト』を紹介することもあった。授業中に何か余談をする。これができる教師は学生も喜ぶし、勉強も好きになる。ベルツは学生たちに魅力ある教師であった。

ベルツ教授の話を聞いて、林太郎は「ドイツに留学して、思いきり文学の勉強をしたい」と思うようになった。

養老館時代に漢学、進文学舎でドイツ語、医学校でドイツ医学が基本である。それぞれの時代に中心はある。

中心だけでなくさらに一歩外に飛び出すところが、林太郎の特異さ、幅の広さである。

林太郎に生理学の講義をした
お雇い外国人の一人エルヴィン・ベルツ

## 〈第二節〉『ヰタ・セクスアリス』は「自叙伝」である

1909（明治42）年7月1日発行の雑誌「スバル」7号に、森林太郎著『ヰタ・セクスアリス』が掲載された。

森林太郎は夏目金之助の『吾輩は猫である』や『坊っちゃん』を非常な興味を以て読み、自分も負けないものを書こうと思った。

『ヰタ・セクスアリス』には、林太郎の青春時代のさまざまな体験が面白く語られている。森林太郎の「自叙伝」である。

10歳で上京した林太郎は、西周邸から進文学舎に通ってドイツ語を学び、12歳で医学校に入学してドイツ人教師の授業を受け始めた。

15歳は現在で言えば高校一年生の年齢であるが、林太郎は養老館時代に学んだ『論語』の「志学（しがく）15歳」を思い出した。

『ヰタ・セクスアリス』の文章を引用する。

「十五になった。僕は黙って自分の席を整頓し始めた。僕は子供の時から物を散らかして置くといふことが大嫌である。此頃になっては僕のノオトブックの数は大変なもので、丁度外の人の倍はある。その譯は一學科毎に二冊あって、しかもそれを皆教場に持って出て、重要な事と、只参考になると思う事とを、聴きながら選り分けて、開いて畳《かさ》ねてある二冊へ、ペンで書く。寄宿舎では、その日の講義のうちにあった術語丈を、希臘《ギリシア》拉甸《ラテン》の語源を調べて、赤インクでペエジの縁に注して置く」

この文章が重要である。興味を惹かれる箇所が二つある。林太郎の特異性が発見される。

《第一点》は、「子供の時から物を散らかして置くといふことが大嫌である」という箇所である。

少年時代から持ち続けてきた〈独特の性格〉が、「大嫌い」という語句で強く表現されている。

これは、身の廻りの日常の生活習慣だけのことではない。自分の頭の中もすべて整理・整頓する。しかも、この性格は子供の時から、学生時代も、社会人になってからも、さらに死に至るまで一貫している。

森林太郎の生涯すべて、この〈整理・整頓主義〉である。

《第二点》は、「僕のノオトブック二冊」の箇所である。

当時も現在も、普通の学生は「ノート1冊」である。ここにも、林太郎の〈独特の性格〉を見ることができる。他の学生と違うことを実行している。

教室に〈毎時間、ノオトブック二冊ずつ持って行く〉、林太郎は生まれつき頭が良いから、ドイツ語の授業は素早く正確に理解できた。

重要なことを書く1冊目のノートは簡単にできた。次の仕事に移る。参考になることを書く2冊目のノートの活用である。

このノート2冊という着想に、林太郎の天才的な閃きが窺える。普通、誰もがやっていることと違う何かを付け加えている。これは、心に余裕がないとできない。実力がないとできないことである。

1冊目は、ドイツ人教授のドイツ語授業内容で、他の学生も同じである。

2冊目は、自分で〈漢文に翻訳〉する。林太郎独自の方法である。

林太郎は授業内容を2回勉強し、誰よりも深く理解した。

講義のあと林太郎は寄宿舎に帰って、さらに学習を継続し、重要な術語について、ギリシア語・ラテン語の語源を調べて赤ペンで記している。

ラテン語は古代ローマ帝国の言語で、ローマ帝国の崩壊後も、ローマ・カトリック教会の公用語として今日まで保たれ、また、ヨーロッパの共通の学問の言葉となっている。ギリシア語は、ギリシア本土からエーゲ海の島々、キプロス島などで話されているが、学問をする者には必要な言語である。

林太郎にはギリシア語・ラテン語が、学問をする者の必須言語であるということがわかっていたのだ。

医学校での林太郎の勉強法は、徹底した〈整理・整頓主義〉であった。

## 〈第三節〉 軍医となった森林太郎

医学校を卒業した時の成績は8番であった。文部省派遣留学生の資格は第3番まであった。

止むを得ず、林太郎は卒業後しばらく、無職のまま父の医業を手伝うことになった。その当時のことは、『カズイスチカ』(1911年〈明治44〉年2月)に、医学生の林太郎が「宿場の医者たるに安んじている父を尊敬した」と記している。

この時、森林太郎を陸軍省の軍医にしたことの裏には、西周が大きく働いていたと思われる。

森家から西周へ、西周から縁戚の林紀《はやしつな》(陸軍軍医本部長、のちの医務局長)へ森林太郎の就職の依頼があり、１８８１（明治14）年9月には軍医に内定していた。
12月、森林太郎は軍医副として東京陸軍病院勤務についた。

小堀桂一郎『若き日の森鷗外』（東京大学出版会、１９６９〈昭和44〉年刊）に、１８８１（明治14）年4月の〈小池正直による石黒忠悳《ただのり》閣下宛て書簡〉が引用されている。

「況《いわ》んや森氏の性朱氏と相合はず、朱氏の性孤峻偏隘《こしゅんへんあい》、……もし片言隻語其《へんげんせきごその》教ふる所に違ふあれば、……同異に就いて指趣を究むることを肯んぜず、然うして森氏苟《いや》くも意を邀《むか》へ以て其の氣を買ふことを欲せず……萬卒《ばんそつ》は得易《やす》く一将は得難し……」

〈朱氏〉は、外科担当教授のシュルツェ（１８４０〜１９２４）である。

〈森氏〉は、学生の森林太郎（１８６２〜１９２２）である。

林太郎が外科教官ドイツ人シュルツェから成績を下げられたことを説明し〝森氏を軍医に採用すべきこと、このような優秀な人材は得難い〟と、小池正直（１８５４〜１９１４）が石黒忠悳（１８４５〜１９４１）に依頼した書簡である。

シュルツェ教授から林太郎が叱られた場面は、次のように想像される。

「真面目に授業を受けよ。落書きするな！」

「落書きではありません。漢文で書いているのです」

「言い訳するな！」

真面目な森林太郎は、1冊目のノートにドイツ語授業の要点、2冊目のノートに漢文で翻訳していた。

漢文を読めないシュルツェ教授は、それを「落書き」と見做《な》して怒った。〈朱氏〉と〈森氏〉、両者の〈整理・整頓主義〉が衝突したのである。

森林太郎の卒業成績が8位となったのは、「下宿が火事になった。外科教官シュルツェから成績を下げられた」などと言われている。

『ヰタ・セクスアリス』後半に、次のように書かれている。

「僕は古賀と次第に心安くなる。古賀と児島と僕との三人は、寄宿舎全体を白眼に見ている。暇さえあれば三人集まる。或る土曜の事である。三人で吉原を見に行こうということになる。古賀が案内に立つ。三人とも小倉袴に紺足袋で、朴歯《ほおば》の下駄をがらつかせて出る。上野の山から根岸を抜けて、通新町を右へ折れる。お歯黒溝《どぶ》の側を大門に廻る。吉原を縦横に闊歩《かっぽ》する。軟派の生徒で出くわした奴は災難だ。白足袋がこそこそと横町に曲がるのを見送って、三人一度にどっと笑うのである」

【三角同盟】とは、僕・森林太郎、生涯の親友・賀古鶴所《かこつるど》、緒方収二郎（緒方洪庵《こうあん》の六男）、この三人の親友仲間のことである。

1924（大正13）年6月、第二次「明星」第五巻二号の緒方収二郎「森鷗外君の追憶」に、次の文章がある。

「森君は向島の依田学海《がっかい》氏の許で大に漢学を研鑽され、僅か一、二年の間に漢学の力も出来、作詩もやれば漢文も立派で、小池君の塁を凌駕するに至り、同僚は皆氏の神童振りに驚かされたのです。当時先生が独逸語で講義すると、森君は直に漢文に訳してノートしたことを記憶して居ます」

この文章を読むとよくわかる。

林太郎の親友、同級生の緒方収二郎が林太郎の特異な性格・実行力を、事実を挙げて証明している。

緒方収二郎は幕末時代に大坂で有名な「適塾」を開いていていた緒方洪庵の六男である。

緒方洪庵（1810～63）は、その門下から福沢諭吉、大村益次郎など多くの人物を育てている。

# 《第四章》軍医森林太郎の初仕事

林太郎の最初の希望は文部省からのドイツ留学であったが、卒業成績8番のため挫折し、やむなく彼は軍医となった。

1881（明治14）年12月16日、森林太郎は陸軍軍医副に任じられ、東京陸軍病院課僚の勤務となった。

1877（明治10）年西南戦争が終わって、4年後である。

1882（明治15）年1月4日、「軍人勅諭」が発せられた。

同年2月8日、第一軍の徴兵副医官としての勤務についた。

軍医森林太郎は徴兵の仕事で、栃木、群馬、長野、高田、柏崎、長岡、新発田を経て、30日東京へ帰った。

韓国を巡る、清国との対立もあった。事が始まれば新兵として現地に派遣される青年たちの徴兵事務であった。

同年5月11日、森林太郎は陸軍軍医本部課僚を命じられ、プロシア陸軍衛生制度の調査、『醫政全書稿本』全12巻の翻訳が始まった。

徴兵で東北各地を巡った林太郎は、軍務の重大さを強く感ずるようになった。小説の翻訳ではない。引き締まった気分で、真剣に取り組んだ。

小堀桂一郎『若き日の森鷗外』に、詳しい説明がある。

「森林太郎は、C．J．Pragerの2巻に基づいて『醫政全書稿本』全12巻を編述し、1883（明治16）年3月官に納めている。

上巻は衛生制度にかぎらず、軍隊の儀禮、法制、経理、給與、設営等の事項にわたって1163頁である。

下巻は上巻の後半からひきつづいて軍陣衛生の各論にわたり、詳細な補注、牽引を加えて1185頁である。合計すると、約2300頁である。

大判で活字は小さく、ぎっしりと詰まっている。もしこれに全篇隅なく眼を通したものとすればそれだけでも大変な讀書量で、十箇月のうちにこれから一つの日本軍隊向けの参考書を編んだという仕事のうちに、卓抜な語學力と、非常な精神的労働が想定されなければならない」

小堀は、森林太郎の訳業を高く評価している。

ドイツ語の『醫政全書稿本』全12巻をわずか10か月で翻訳、完成させた。

その語学力・翻訳力は、森林太郎が学生時代に毎時間、2冊のノートで授業内容をドイツ語から漢文に翻訳していたことが土台である。

と同時に、より重大なのはこの翻訳に当たった森林太郎の責任感の強さである。『醫政全書稿本』の翻訳の任務は、東北各地を巡る徴兵勤務の直後の仕事であった。

〈チャンスの女神には前髪しかない〉

林太郎は『醫政全書稿本』の翻訳を絶好のチャンスだと考え、女神の前髪をしっかりつかんでやり抜いたのである。

1884（明治17）年6月7日、満22歳の林太郎は衛生学研究の目的でドイツ留学を命じられた。

①ノート2冊で、ドイツ語から漢文に翻訳していた。
②『醫政全書稿本』全12巻を、わずか10か月で翻訳した。
③同級生の誰よりも早く、ドイツ留学が実現した。
この①②③の流れは〝偶然〟ではない。

林太郎には、偶然を〝必然〟に転換させる強烈な意志の力があった。

いずれにしても、森林太郎の熱烈な希望であったドイツ留学が、1884（明治17）年に実現されたのである。

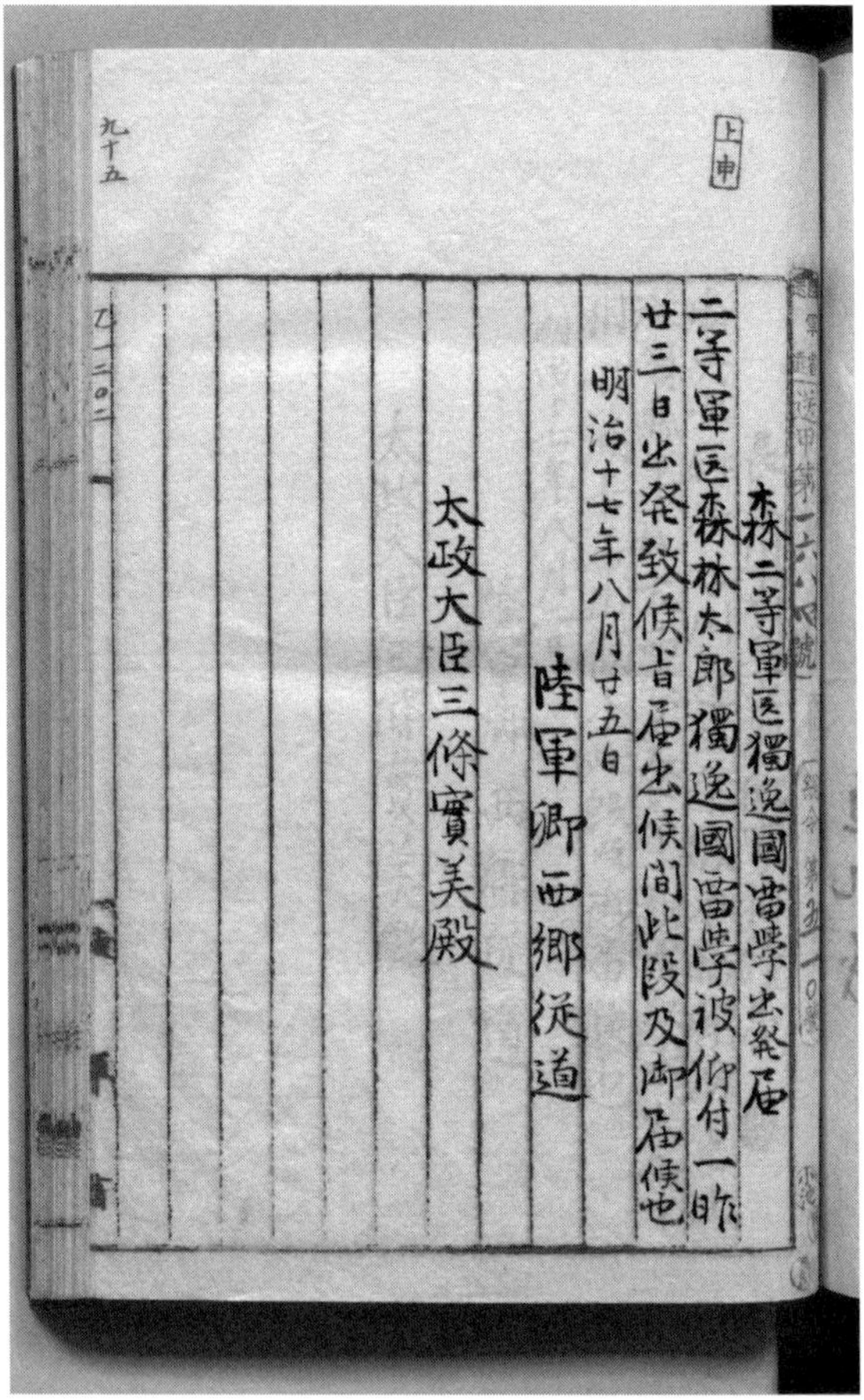
九十五
上申
森二等軍医獨逸國留學出発届
二等軍医森林太郎獨逸國留學被仰付一昨
廿三日出発致候旨届出候間此段及御届候也
明治十七年八月廿五日
陸軍卿西郷従道
太政大臣三條實美殿

林太郎がドイツに向けて出発したことを報告した文書。
8月23日に東京を出発している
（1884〈明治17〉年『公文録』
「二等軍医森林太郎独逸国へ留学トシテ出発ノ件」国立公文書館蔵）

# 《第五章》林太郎の『航西日記』を読む

森林太郎の航西之志が実現した。

当時のことは、『航西日記』に漢文で詳しく記されている。

1884（明治17年）7月28日、「詣闕拝天顔。辞別宗廟」

明治天皇に拝謁した森林太郎は、「これから軍医として衛生学などを学びにドイツに留学するのだ」という大きな喜びに包まれていた。

私費留学ではない。国費留学である。森家の一同、心より感謝していた。

8月20日、「至陸軍省領封傳。初余之卒業於大學也。蚤有航西之志」

森林太郎陸軍二等軍医（中尉相当）は、陸軍省に行って封傳《てがた》（パスポート）を有難く受け取った。

これは大学を卒業した軍医仲間の中では、森林太郎が最初であった。

林太郎は航西之志を、蚤《はや》くから持っていたのである。

ちなみに漢和辞典などでは「〈蚤〉は、咬みつく蚤《のみ》と、はやくという意味がある」と説明されている。

8月24日、横浜でフランス船メンザレエ号に乗って出発した。

25日、林太郎は風波に苦しめられ、漢詩を詠んだ。

「終日堪憐絶肉梁。且将杯酒注空腸。苦船一旅暫無言。只聴波声臥小房」

一日中風波に苦しめられ、一人部屋に籠ってただ波音を聞いていた。

30日、「過福建。望臺灣」

船は清国の福建省を過ぎる時、台湾を東に見ながら進んだ。

31日、「午後十時抵香港。燈火参差。漸近漸多」

船が香港に近づくと、燈火が見えてきた。

近づくと漸く多く見えるようになった。

香港はアヘン戦争で清国が破れ英国に取られた。

港には、イギリスの多くの船があった。

9月12日の朝、「観日出。紅輪離海。其大如盆。亦偉観也」

星嘉坡（シンガポール）で、東空に〈日の出〉を見て感動した。

大きな太陽が、海面から離れ、まるで大きな盆のようである。
これほど凄い眺めはないと感動している。
17日、「印度洋波山様大。飛魚幾隻似飛禽。今宵来近錫蘭島」
インド洋の波は山のように大きい。
トビウオが幾つも鳥のように飛行している。
今宵はセイロン島に近づいていた。
インド洋から、スエズ運河を経由して、地中海に入った。
10月1日、「寒暑計六十七度。午前六時。至蘇士港」
スエズ運河を通過した。「運河長百海里。……督工者為佛國學士列色弗氏」
この運河掘削を監督したのはフランスの学士レセップス氏であった。
10月5日、「風波起。望伊太利山脈。雖少草木」、すこし見えてきた。
風が吹き、波が立っているが、イタリア山脈が見えてきた。
大きな木でなく草木が見えるだけであった。
7日、午後2時、佛国（フランス）馬塞（マルセイユ）港に到達した。
同行した留学生は10人であるが、林太郎一人だけ別行動をしている。これが、林太郎の特異さである。

8日夕方6時発の夜行列車で、林太郎は一人でパリに向かった。

「有鳩群飛。黒背白腹。農家皆矮小」

列車の窓からハトがたくさん飛んでいるのが見えた。農家は皆、小さかった。

9日「午前十時至巴里（パリ）」

林太郎は、弟篤次郎に説明するために劇場に出かけた。

パリの「夜電劇場」は、5000人収容、客席は4階まであった。出演者はイタリア人が多かったが、男性も女性もいた。

バルビアーニ作、マンゾッティ演出のバレエ「宮中愛」という3幕4場の演目。魅惑的な美女エレナ・コルナルバが主役で、彼女をめぐって貴族たちが決闘をし、勝った方が英雄として凱旋し、大団円は華麗な祝宴になった。

別に「騒擾夜」という一幕物もあって、観客は抱腹絶倒した。騒々しいコミカルな内容のものだが、舞台装置と照明に驚き、初めてオペラを観た林太郎は、好奇心を大いにそそられた。

これが、林太郎の独特の性格、幅の広さである。

1888（明治21）年、ドイツ・ベルリンにて日本人留学生ら在独日本人医学関係者と。
後列左端が林太郎、後列右から2番目が北里柴三郎

パリに一泊し、ベルリンへ向かった。

10日、「午後八時。滊車發巴里。車箱両壁。貼鉄道図。懸槓杵。有急之時動之。可停車行。又窓上設小孔換気。甚便」

林太郎は「午後8時に巴里に向かって発車した。汽車の両方の壁に、鉄道の路線の地図が貼られていた。何か急な事があれば、槓杵を引けば停車する。窓の上には小さな換気口がある。甚だ便利だ」と書いている。

10月11日、「達徳国歌倫。余解徳国語。来此。得免聾唖之病。可謂快矣」

この漢文は、誰でも簡単に日本語に翻訳できる。

「ドイツ国のケルンに着いた。自分は車中のドイツ語の会話がわかる。耳が確かでよくわかる。愉快でたまらない」。林太郎は大喜びしている。まさに〈可謂快矣〉。嬉しくてたまらない」と書いている。

I love you（英語）。

Ich（イッヒ）liebe（リィーベ）dich（ディッヒ）（ドイツ語）。

我（ウオ）愛（アイ）汝（ニイー）（中国語）。

欧米語・中国語は〈インド・ヨーロッパ語族〉の言語で、主語、述語、補語。

日本語・朝鮮語は〈ウラルアルタイ語族〉の言語で、主語、補語、述語。

「私は貴女が好きです」（日本語）

となる。

「午後八時三十分。至伯林府。投於徳帝客館」

午後8時30分に、首都ベルリンに到着した。

林太郎はベルリンのドイツ帝国ホテルに宿泊した。

漢文は漢字だけで表現するので、日本語と違い、簡単明瞭である。

漢文の「投於徳帝客館」は、漢字6文字である。

日本語では、「ドイツ帝国ホテルに宿泊した」と長くなっている。

## 《第六章》 ドイツ留学で何を学んだのか

### 〈第一節〉 ドイツ生活に飛び込んだ林太郎

１８８４（明治17）年6月7日、陸軍衛生制度調査および、軍陣衛生学研究のためドイツ留学を命じられた林太郎は、当時22歳であった。

『独逸日記』（１８８４〈明治17〉年10月12日～１８８８〈明治21〉年4月1日）から、青年林太郎がドイツ留学で、どのように活動したのか、その大筋をたどることにする。

１８８４（明治17）年10月13日、林太郎は公使の青木周蔵（１８４４～１９１４）を訪問した。

青木周蔵の前妻テルとの離婚は悶着があったが決着して、１８７７（明治10）年にプロイセン貴族の息女エリザベト・フォン・ラーデと結婚している。

青木周蔵は、長州、長門《ながと》国の村医三浦玄仲の長男して生まれたが、青木家に迎えられ、青木周蔵と改名した。１８６８（慶応4）年5月30日、長州藩から3か年のプロイセン留学を命じられていた。

1870（明治3）年、青木周蔵はベルリン大学で政治学を学び始めた。この転科は山県有朋《やまがたありとも》に認められ、1873（明治6）年、外務省一等書記官としてベルリン日本公使館勤務となった。

10月13日、公使官を訪れた林太郎は、青木周蔵から次のように語られた。

「衛生学を修むるは善し。……足の指の間に、下駄の緒挾みて行く民に、衛生論はいらぬ事ぞ。學問とは書を讀むのみをいふにあらず。歐州人の思想はいかに、その生活はいかに、その禮儀はいかに、これだに善く觀ば、洋行の手柄は充分ならむ」

林太郎のドイツ留学時に
ベルリン公使を務めていた青木周蔵
（国立国会図書館「近代日本人の肖像」より）

林太郎は、「軍医のことだけでなく、自由にドイツ人と付き合えばよいのだ」と教えられ気が楽になった。

10月14日、陸軍軍医総監の橋本綱常（1845〜1909）を訪れ、留学先の順番を指示された。

「先ずライプチヒなるホフマンを師

とし、次にミュンヘンなるペッテンコオフェルを師とし、最後にベルリンのコッホを師とせよ」であった。

12月22日。「午後二時三十分、滊車にて伯林《ベルリン》を発す。ライプチヒに達せしは五時三十五分なりき」

この「滊車」を改めて、「汽車」にしたのは福沢諭吉の『西洋事情』が最初である。

23日。東北隅タアル街なるWohl（ヲオル）といふ寡婦の家の一房を借る。

朝餐はコヒーと麵包（パン）のみ。午餐と晩餐とは、料理店。われはFrau Vogel（フラウ・ボーゲル）の許にせり。

食事をとるフォーゲル家で、Fraelein Luciusルチウスといふ二十五六歳と覺しき處女のいつも黒き衣着て、面に憂を帯たるもあり。

林太郎は、このドイツ娘の顔つきに心を惹かれていた。

「衣は軍服にて伯林に着きしに、陸軍卿（大山巖《いわお》）目立ちて悪しければ、早く常の服誂へよと教へられぬ」

林太郎は、平服をあつらえることにした。

林太郎は夕食の場で男女を問わず、さまざまな国籍、独逸《ドイツ》人・希臘《ギリシア》人・米国人・英国人の貿易商などと付き合っている。国籍は違うが、みなドイツ語で喋っていた。この自

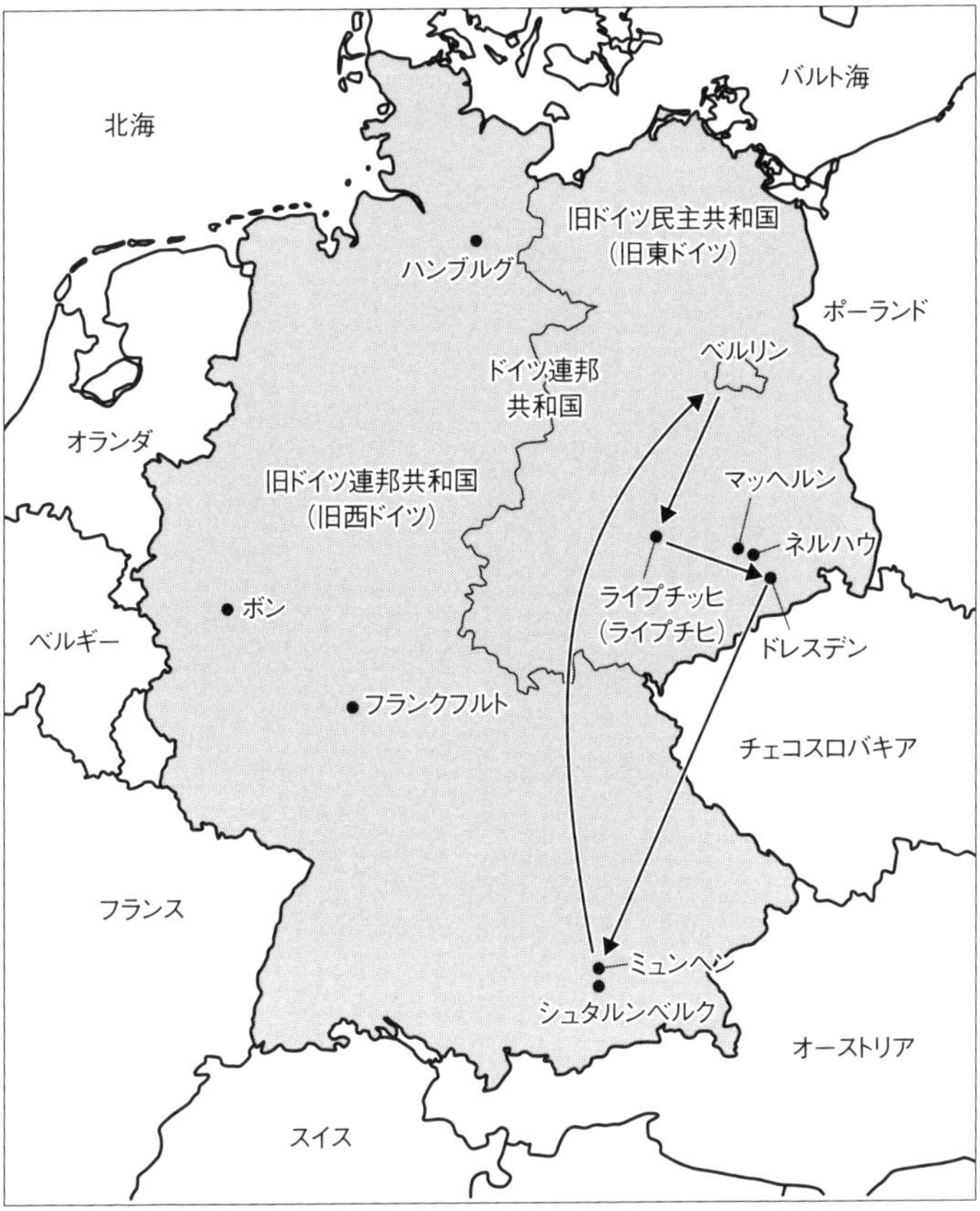


ドイツ留学時の林太郎の足跡

由な会話の中で、林太郎の語学力が飛躍した。

自国語を流暢に喋れる人は、エリートである。2か国語を駆使できる人は秀才である。3か国語を自由に喋れる人は天才である。

森林太郎は日本語、漢詩・漢文、オランダ語・ドイツ語、ラテン語・ギリシア語と進みつつあった。まさにずば抜けた天才である。

森林太郎が横浜から出発したのは1884(明治17)年8月24日であった。1884(明治17)年12月23日、まだドイツに来て4か月なのに、林太郎は飛び込んで活発に会話をしている。

彼の自由自在さが、ここにも現れている。林太郎は自由自在であり、まさに如意棒を振り回す〝孫悟空〟である。

1884(明治17)年10月24日の「日記」には、次のように記している。

「大學の衛生部に往く。衛生部はリイビヒ街にあり。これより日課に就くこと、なりぬ。夜は獨逸詩人の集を渉猟すること、定めぬ」

基本が書かれている。昼は大学の衛生部で学ぶ、夜は自分の自由時間で、思う存分にドイツ語の小説を読むことに決めたのである。

鷗外の死後、彼の蔵書は東大図書館に寄贈された。留学時代に林太郎が読んだ本に読んだ日や感想などが書き込まれていた。

それを東大比較文学の研究生であった中村ちよ（後に寺内ちよ）が、時間をかけ綿密に調べた。

「留学時代に買い求めて読んだと推定される本は、文学に限っても450冊を超え、次第にヨーロッパの文芸評論、文学的回想録を読む」（中村ちよ（後に寺内ちよ）『ドイツ時代の鷗外の読書調査』東大比較文學會編「比較文學研究」6号）

小説450冊の中には、アンデルセンの『即興詩人』も含まれていた。

アンデルセンはデンマーク語で書いていたが、各国語に翻訳されていた。

原作者 Hans Christian Andersen のドイツ語訳が、レクラム文庫本にあった。

『即興詩人』の翻訳は1892（明治25）年9月10日、観潮楼で稿を起こして、1901（明治34）年1月15日、小倉鍛冶町《かじちょう》の寓居《ぐうきょ》で完成したのである。

1885（明治18）年2月13日の『独逸日記』に次の文が記されている。

「フォーゲルの家に晩餐する時、ルチウス嬢馳せ至りて、面白き事ありと叫び、携ふる所の新聞紙を出して余に示す。紙上唱歌會の事を記せる中に、本會の名誉とすべき賓客には、日本軍醫森君ありと記せり」

この日の日記は、このことだけしか書かれていない。林太郎も嬉しかったから日記に書いている。ルチウス嬢も走って来ている。手にドイツ語の新聞紙を持って。ルチウス嬢が叫んだ言葉もドイツ語である。

林太郎は「黒い衣服で、憂いを含んだ顔つき」のルチウス嬢に親しい気持ちを抱いていたことがよく分かる。

ルチウス嬢も林太郎に興味を抱いていたと思われる。お互い若い男女である。林太郎はドイツ語で自由自在に会話し、ドイツ語の新聞も面白く読める力があった。

ドイツ留学は大学で学ぶだけではない。パノラマを観たり、劇場にも出かけている。夕食時には、酒も交えて友人と雑談をして楽しんでいる。

## 〈第二節〉　ロート軍医監の友誼

１８８５（明治18）年4月29日、「策遜（サクソニア）軍團醫長軍醫監ロート氏Ｗｉｌｈｅｌｍ　Ｒｏｔｈ氏徳停府（ドレスデン）より來たる。ロート氏は鬚眉皆白し、然れども談笑の状少年の人の如し。此人は方今独乙国軍医の巨魁なり。余の面を見て、人の介するを待たずして、卿は二等軍医森氏ならずや、5月13日負傷者運搬演習を徳停府に擧行す。請ふらくは来観せよと。余喜びて諾す」

ロート軍医監（1833～92）は、林太郎より29歳年上で、眉も髭も白い初老の軍医である。毅然としていながら柔和な微笑みを絶やさず、林太郎の姿を認めると、つかつかと歩み寄って来られた。

「橋本綱常先生はお元気ですか」と、いきなり上司の近況を聞かれて林太郎は驚いた。

「軍医総監に就任され、昨年秋にベルリンでお会いした際は、とてもお元気そうでした」

さらに、日本が赤十字社加盟の準備をしていることを話すと、ロート軍医監は大変喜ばれた。

「どうだね。この5月に行われるザクセン軍団の負傷者運搬演習を見学しませんか」

ロート軍医監は、積極的である。

「御迷惑でなければ、ぜひお願いします」と応じた林太郎も積極的である。

日本では、初対面でこのように事が運ぶことはありえない。

林太郎の生活態度は既に、日本式でなく、ヨーロッパ式に変わっていた。

留学時代の林太郎（国立国会図書館「近代日本人の肖像」より）

林太郎は、約束通り5月12日から14日までドレスデンに出かけた。

5月13日、「馬車を雇ひて練兵場に至る。負傷者運搬演習を観んとてなり。演習中少く雨る。午前11時30分式畢る。画廊を観る。ドレスデンの画廊でＲａｆａｅｌｌｏラファエルロの童貞女は余の久しく夢寝する所なりしが、今に至りて素望を遂ぐることを得たり」と書いている。

林太郎は、ラファエロ（１４８３〜１５２０）の明晰で豊麗な生命感あふれる母子像の名画を見て感動したのである。

午后５時正服を着し、軍医会に赴く。

軍事練習の終了後、ロート氏が演説した。

「遥に東方より来れる客を見る喜《よろこび》あり」

最後に、満堂の客三鞭酒の杯を挙げ、ｈｏｃｈ（ホッホ）！と呼ぶこと三たびす。

林太郎のドレスデンでの講習参加は、日本人軍医による実地体験としての意味があった。

軍医監ロートは、幅広い教養があり、文学・芸術を解し、ユーモアを解する人物だった。林太郎は大きな影響を受けている。

１８８６（明治19）年1月20日。「夜、ロート余がために生誕の筵をその家に開く。来賓二十餘名」

ロート軍医監は、「1886年1月19日の記念、一等軍医森林太郎に送るウィルヘルム・ロートの文面」を添えた酒瓶、さらにKoenig（ケーニッヒ）著『独逸文学史』を添えて林太郎にプレゼントしてくれた。

1月19日誕生祝いとして、このような宴会を開いてくれたロートの人間の温かさに、森林太郎は心から感激している。

軍医監ロートの慧眼が、日本軍医・森林太郎の本質、幅の広さ、特異性を見抜いていたのだと思われる。

ドレスデン時代、林太郎は大活躍している。

軍医を中心としたドイツ人との交際や、ザクセン王宮の新年祝賀会など上流社会への出入り、オペラ、演劇、音楽会や集会への参加が多い。

### 〈第三節〉 ドイツ文学を耽読した林太郎

ライプチッヒは、古くから印刷・製本の発達した都市で、「書物の街」とも呼ばれていた。

ライプチッヒ大学は、若きゲーテが学んだ大学である。世界初の音楽出版社プライトコプフも、ライプチッヒで生まれている。

レクラム書店は出版文化の中心地であった。

林太郎はレクラム書店を訪れ、文庫本がたくさん並んでいるのを見つけ驚き、喜び、大量に買い込んだ。

普通の人は、1、2冊買って大満足である。

林太郎は留学費を注ぎ込んで170余冊購入している。この大胆な行動に、林太郎の特異な性格が現れている。

単なる特異性ではない。普通の人と少し変わっているのではない。

青年軍医の森林太郎は文字通りまさに〈破天荒〉な行動をする大人物である。

1885（明治18）年8月13日、「架上の洋書は已に百七十餘巻の多きに至る。鎖校以来暫時閑暇なり。手に随ひて播閲す。其適言ふ可からず。希臘の大家ソフォクレス、オイリピデエス、エスキュロスの傳奇あり。仏蘭西の名匠オオネエ、アレヰイ、グレヰルの情史あり。ダンテの神曲は幽味にして恍惚、ギョオテの全集は宏壮にして偉大なり。誰か来たりて余が楽を分つ者ぞ」

ギリシア、フランスの小説などもドイツ語に翻訳され、ダンテの『神曲』も、ゲーテの『ファウスト』もレクラム文庫本で購入できた。

自分の部屋にレクラム文庫本170余巻を並べることができた林太郎は「誰か来てくれ、共に楽しもう！」と呼びかけたのである。

1884（明治17）年10月ドイツ留学して間もなく、1885（明治18）年8月である。わずか1年間で170冊のレクラム文庫本である。

このようなことは、全くあり得ない。

これは重要だと考えれば、即、動き始める。そこまでは世間にあり得ることである。しかし、単に動き始めるだけでなく〈猛烈なスピード〉で走っている。林太郎は文字通り並外れているだけでなく〈ずば抜けた並外れ〉を実行する人間であった。

岩波文庫の巻末に、岩波書店創業者・岩波茂雄の文章がある。

「吾人は範をかのレクラム文庫にとり、古今東西にわたって文芸・哲学・社会科学・自然科学等種類のいかんを問わず、いやしくも万人の必読すべき真に古典的価値ある書をきわめて簡易なる形式において逐次刊行……」

岩波書店は1913（大正2）創業以来、この岩波文庫本を日本の青年学徒に提供し続けている。

夏目伸六著『父 夏目漱石』（角川書店、1961〈昭和36〉年刊）から、引用する。

「岩波さんは東大の哲学選科を出て、古本屋に転業していた。処女出版の頃、資金に窮していた。母の話だと、〝やむを得ず家中の株券を集めて、これを担保に、銀行から借りるようにと言って渡した〟という。……生前、父が岩波書店から出した本はすべて自費出版されている。母の話では、岩波さんは父からよく叱言を食っていたそうだ」

岩波文庫では、今でも『坊っちゃん』『こころ』がベストセラーだという。

林太郎に『ファウスト』翻訳をすすめた井上哲次郎
（国立国会図書館「近代日本人の肖像」より）

1885（明治18）年12月27日、井上哲次郎（1856〜1944）とライプチッヒ市の有名な地下酒場アウエルバハで語り合った。ゲーテ『ファウスト』を漢詩体で翻訳したらどうだろうと井上哲次郎からすすめられ、林太郎はたわむれに「やりましょう」と応えた。

この地下酒場に〈軍服姿の森林太郎・鷗外と哲学者井上哲次郎が、ワインを片手に語り合っている絵〉が飾られ、観光名所となっている。

森林太郎・鷗外は50歳の時、『ファウスト』翻訳を成し遂げている。森林太郎は、少年時代に学んだ『論語』の言葉「五十にして天命を知る」を実現したのである。

井上哲次郎は福岡・太宰府の出身で、ドイツ留学後、東京大学の初代教授となり、ショウペンハウエル、カントを教えている。

夏目金之助が2年間のイギリス留学を終えて、先任教授であったラフカディオ・ハーン、小泉八雲（1850〜1904）の後、夏目漱石が英文学教授になった。

この時、井上哲次郎が東京大学の学長であった。

森林太郎はフランス文学に興味をもち、ドイツ語訳のバルザックやドーデなども本格的に読み始めた。北欧のアンデルセンやイプセンもレクラム文庫本で読んでいる。

4年間の留学時代に読んだレクラム文庫本などを、帰国する時、森林太郎は日本にまとめて送っている。

## 〈第四節〉　ナウマンと論争した林太郎

1886（明治19）年、森林太郎は24歳の青年である。軍医仲間だけでなく、あらゆる階層の友人が沢山できた。酒を飲み、自由に懇談している。

2月10日、林太郎の日記を読む。

「宮中の舞踏会に赴く。宮媛《きゅうえん》中一人の甚だ舊相識《きゅうそうしき》に似たるものあり。然れども敢て言はず。既にして此媛《ひめ》余が側を過ぐ。忽ち余を顧みて曰く。何ぞ君の健忘なると。嗚呼、余之を知れり。是れ野営演習中相見たる所のフォン、ビュロウ氏の一女にしてイイダと名づくるものなり。奇遇と謂ふ可し」

林太郎はイイダ媛を知っていたが、あえて言葉をかけなかった。ところが媛から、「私を忘れているの。忘れん坊なのね」と笑われたのである。

このことは、後に『舞姫』のエリス、『うたかたの記』のマリー、『文づかひ』のイイダとして、出てくる。人物はさまざまに入れ替わるが、まさに多情多恨である。それが、青年時代の森林太郎のある一面の姿である。

3月6日、夜、林太郎は地学協会に招かれた。

当日の講演者ハインリッヒ・エドムント・ナウマン（1854〜1927）は、日本列

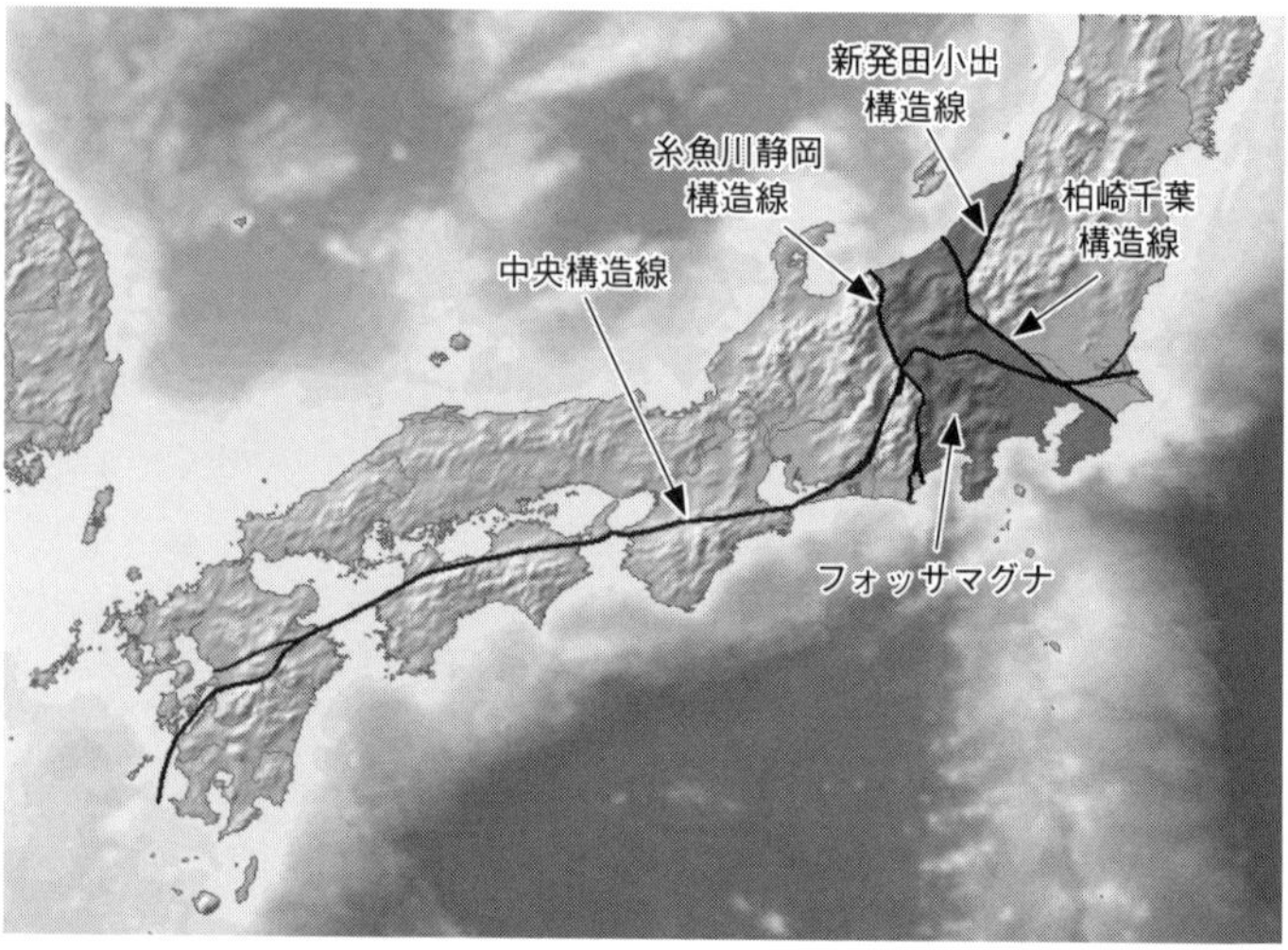


フォッサマグナ（Wikimedia Commons）。日本列島の真ん中には、「大きな溝」があり、この「大きな溝」を発見したドイツ人地質学者のナウマン博士がフォッサマグナと名づけた。フォッサマグナは、ラテン語で「大きな溝」を意味する

林太郎と論争を繰り広げたナウマン博士。野尻湖の湖底発掘で有名なナウマンゾウの名前は、日本でゾウの化石をはじめて研究した博士の名前にちなんでつけられた

島の地層がフォッサマグナで東北日本と西南日本に分けられていることを研究した地質学者である。

ナウマンは日本での業績で、旭日章を与えられている。

なぜか彼には不平の気分がみえた。３００人以上の聴衆に日本の地勢・風俗・政治・技芸を説明したが、その結びに、一つの笑話を付け加えた。

「或る時、日本人が一隻の蒸気船を買った。沖から帰る時、エンジンの止め方が分からず、近くをうろうろして機械が止まるのを待たねばならなかった。

日本人の技芸は中途半端なものだ」

林太郎はひどく腹が立ったが、ナウマンは当日の代表演説者である。我慢するしかなかった。

その後、酒を飲みながらの座談でナウマンが語った。

「自分は久しく東洋にいたが、仏教徒にはならなかった。その理由は、〝仏は女子には心がない〟と言っているからだ」

この言葉に林太郎は、ロート軍医監を通じて発言を求め、承諾された。

「今のナウマンの話は、違っている。私は仏教徒である。経典の中に女性の聖人がたくさんいると書かれている。私が貴婦人方を尊敬する念は、キリスト教徒に劣りません。貴婦人の美しき心のために、共に盃を挙げましょう」

周囲の多くの人が、賛同してくれた。

一等軍医エヱルス夫妻が来て、「君の演説、有難う！」と言ってくれた。

ワアルベルヒの曰く「諸君は森子に謝せざる可らず。森子は談笑の間能《よ》く故国の為に寃《えん》を雪《そそ》ぎ讐《しゅう》を報じたり。駁《ばく》したる所は些細なれども」。

林太郎の結びは「余の快知る可《べ》し」であった。

ロート軍医監は笑って、「君の話はよかったよ」と言ってくれた。

1886（明治19）年12月17日、林太郎の論文「ナウマンへの論駁、日本に関する真相」が、ドイツの有力新聞に掲載された。

林太郎の語学力はずば抜けていた。

友人との会話も自由自在であったが、ドイツ語で書く論文も論旨明快であった。

## 〈第五節〉　赤十字社同盟総会で演説した林太郎

1887（明治20）年、林太郎は25歳となった。ベルリンへ移り、4月20日に北里柴三郎（1853〜1931）の紹介で、コッホ（1843〜1910）と会い、5月になってコッホの衛生研究所へ入所し、細菌学を学び始めた。

1887（明治20）年8月30日の『独逸日記』に、「石氏将に維也納府に行かんとす。予に随《したが》ひ行かんことを命ず」と記されている。

つまり、石黒忠悳軍医監がオーストリアのウィーンに行くのに「通訳として随行せよ」と森林太郎に命じたのである。

9月22日、午後3時、森林太郎は石黒軍医監に随行して万国赤十字社同盟、第四回総会に出席した。

26日、午前10時、「欧州の赤十字会は欧州以外の戦争で、傷病者の救助をすべきか」とオランダ代表が発言した。

林太郎は日本代表の通訳として、「もし賛否を取るならば、日本は挙手できない」と発言した。

米国代表は黙っていた。

27日午前10時、林太郎は通訳として、

ノーベル生理学・医学賞を受賞した
「細菌学の父」ロベルト・コッホ

「一大洲の赤十字社は他の大洲の戦いにという文に改めるべきだ。日本の諸社は、アジア以外の戦いでも救助に力を出す」と発言した。

林太郎のドイツ語による発言には力があった。

全会、「Ｂｒａｖｏ（ブラヴォー）、謹聴！」と叫んだ。

背後の議員が会員名簿を見て「学士森林太郎なり。流石《さすが》だ」と言った。

書記役のフランス人Ｅｌｉｓｓｅｎ（エリッセン）が来て「原稿を見せよ」と言ったが、「即席での発言だ。原稿はない」と言うと、「君の発言は正しい」として、記録された。

ロシア代表も、森林太郎の発言を称賛した。

この日から会員の日本委員を見る眼が、前日と違ってきた。

会場を出て、馬車に乗る時、石黒忠悳が両手で林太郎の手を握り「感謝、感謝！」と述べた。

宮中の夜会に参加した時、大侯夫人が、森林太郎に向かって賛辞を送った。

当日の記録は、石黒忠悳起草、森林太郎翻訳で印刷され、会員に配布されている。

万国赤十字総会で、森林太郎の果たした役割は特記すべきものであった。

林太郎の発言の背景には、大量の読書による視野の広さがあった。

オランダ代表の発言に対して、森林太郎はとっさに判断できた。

「アジアの日本、アメリカ、ロシアは反発すべきだ」と判断できたのは、森林太郎が既にドイツ語に翻訳されたアメリカの小説、ロシアの小説をレクラム文庫で読んでいたからである。

事実、米国代表は黙っていた。ロシア代表も、森林太郎の発言を称賛している。

森林太郎がドイツに留学している頃、ベルリン在住の日本人官吏・軍人・留学生が毎月集まって懇談する大和会があった。

1887年12月26日。

「大和会にて新任の公使西園寺公望を迎へ、姉小路の郷に帰るを送る」

28日。

「公使宴を張りて同邦人を招く。余も亦与《またあずか》る。乃木少将の祝辞、解す可らず。石君雄弁坐人を驚かす」

1888（明治21）年1月2日。

「大和会の新年祭なり。ドイツ語の演説を為す。全権公使西園寺公望杯を擧げて来たりて曰く。外邦の語に通暁すること此域に至るは敬服に堪へず」

〈ドイツ語の演説を為す〉が重要である。

数日前、石黒忠悳は日本語の演説で周囲の人々を驚かせた。

今日は、森林太郎がドイツ語で演説し、全権公使西園寺公望に最高の賛辞を頂いたのである。

1888(明治21)年1月2日の日記が、『独逸日記』全体の、締めくくりとなっている。

森林太郎はドイツ留学4年間に実に、多様で貴重な体験をしている。その後の人生にわたる〈生涯の宝物〉である。

3月9日。独逸帝ウイルヘルム1世崩ず。

以後は、『隊務日記』である。

1888(明治21)年3月10日。普國近衛歩兵第二連隊の医務に服すべき命あり。隊務日記の稿を起す。

7月2日。「訪諸外交官及将校の家、告別。於是乎隊務全終」

「ベルリンの各国の外交官や将校に別れを告げた。これでドイツでの軍医勤務はすべて終わったのだ」

この短い文章に、林太郎の過ごした留学時代の4年間、すべての喜怒哀楽の感慨が込められている。

# 《第七章》留学帰国後、林太郎の悩み

## 〈第一節〉 赤松登志子と結婚、離婚、なぜなのか？

1888（明治21）年9月8日、林太郎は26歳。横浜に入港した。その4日後にドイツ女性がドイツ郵船ゲネラル、ヴェルダー号で来日した。乗客名簿でそのドイツ女性の名はＥｌｉｓｅ Ｗｉｅｇｅｒｔ（エリーゼ・ヴィーゲルト）であることがわかった。

林太郎は彼女と結婚するつもりであった。

『舞姫』に「髪の色は薄きこがね色……青く清らにて物問いたげに愁を含める目の半ば露を宿る長きまつげに蔽はれたるは」と描かれている。

日露戦争に第二軍軍医部長として従軍した森林太郎には、「扣鈕《ボタン》」の詩がある。その一節に「えぽれっと　かがやしき友　こがね髪　ゆらぎし少女　はや老いにけん　死にもやしけん」と詠んでいる。

森家でひと騒動が起こった。西周が間に入って、森家と赤松家の縁談の下話が進んで

鷗外の最初の妻、赤松登志子
（文京区立森鷗外記念館蔵）

いた。林太郎は従わざるを得なくなった。

森家の依頼を受けた小金井良精《よしきよ》（林太郎の妹・喜美子の夫）がその応接に当たり、10月17日に、エリーゼ・ヴィーゲルトは帰国した。

森林太郎は12月、陸軍軍医学校兼陸軍大学校教官に任命された。

1889（明治22）年1月12日、林太郎は結婚に備え、下谷根岸金杉122番地の借家に、弟の篤次郎と移った。

2月24日、27歳の森林太郎は、西周の媒酌で海軍中将赤松則良の長女登志子（18歳）と結婚した。

5月末、林太郎は男爵赤松家の持家の上野花園町11番地に転居した。

1890（明治23）年9月13日、長男於菟《おと》が誕生した。

11月27日、妻、登志子と正式に離婚し除籍した。

離婚の理由として、新婚生活を送った赤松家の屋敷で、女中や使用人たちが林太郎を殿様と呼ぶのに、違和感を覚えた。

林太郎の書く原稿を覗きに来ては何か言うので仕事がはかどらず、別居した。そのまま離婚へと進んだと言われている。

母・峰子の言葉がある。

「お登志さんも少しも悪い人ではないのだが、もっと器量がよかったら林《りん》＝林太郎も嫌わなかったろう。美しいというのは大切なことだ」と述懐したという。

登志子死去の数年前、母・峰子は登志子と根津神社境内で偶然出会い、昔に想いを馳せてしみじみと語り合ったという。登志子の性格は温和であったことが窺われる。

小倉時代、賀古鶴所から一通の手紙が届いた。１９００（明治33）年1月28日登志子の死を報じる新聞記事であった。

「嗚呼是れ我が旧妻なり。於菟の母なり。赤松登志子は、眉目妍好ならずと雖、色白く丈高き女子なりき。和漢文を読むことを解し、その漢籍の如きは、未見の白文を誦することと流るゝ如くなりき。同棲一年の後、故ありて離別す」と、林太郎は記している。

登志子死去の報せを受けた林太郎は、津和野郷土会の集まりを欠席している。

1890（明治23）年1月3日、「国民之友」1月号に『舞姫』を掲載した。

主人公は太田豊太郎である。ベルリンを舞台にして日本人青年と可憐な舞姫との悲恋を雅俗折衷の美しい文体で綴った清新な日本近代文学であった。

小説『舞姫』は雅文体の見事な文章であり、世間の注目を浴びた。

主人公太田豊太郎は、青年森林太郎の自画像である。エリスの悲哀はもとより、若い二人の愛と悲しみが、読者の心に伝わってくる名作である。

相沢謙吉は賀古鶴所、天方伯爵は山県有朋がモデルだと言われている。

『舞姫』以後、文学作品の在り方についても、華々しい論争が交わされた。「明治時代、最大の文学論争」は坪内逍遥と森鷗外の《没理想論争》である。

①逍遥はシェークスピアの偉大さは没理想、事実が大事であると主張した。

②鷗外は、没理想には正面から反対し、理想が大事であると主張した。

自分の信念・主張をあくまでも変えず粘り抜くところに林太郎の特性が現れている。

## 〈第二節〉 隠し妻、児玉せきとは？

１８９０（明治23）年11月に最初の妻・赤松登志子と離婚し、１９０２（明治35）年1月に荒木茂子と結婚するまでの12年間、林太郎は独身であった。

この間、東京には、林太郎の隠し妻の児玉せき（１８６７〜１９４１）がいた。妻がいない林太郎に、母・峰子が気を回して世話したと言われている。年代は確定できないが、妻がいない林太郎に母・峰子が世話したものと思われる。

１８９８（明治31）年7月9日の「万朝報」に記事がある。

『雁』の主人公〈お玉〉のモデルとも言われる児玉せきと娘のきん
（文京区立森鷗外記念館蔵）

「陸軍軍医監森林太郎は児玉せきなる女を十八・九の頃より妾にし非常に寵愛し、かつて児まで挙げたる細君を離別して本妻にせんとせしも母の故障によりて果す能わず。母も亦鷗外が深くせきを愛するの情を酌み取り、末長く外妾とすべき旨を云い渡し……」

長男の於菟が、『文藝春秋』

1954（昭和29）年11月号に「鷗外の隠れた愛人」として書いている。

「おせきさんが私の家に来るのはいつも父の留守の昼間で、祖母の部屋で雑談したり針仕事をする時にはいつも白金巾の前掛けをしめて手拭を襟にかけるか頭にかぶるかする」


1915（大正4）年5月、『雁』が単行本として刊行された。

小説『雁』は「古い話である。僕は偶然それが明治13年の出来事だと云うことを記憶している」から始まる。

学生時代の森林太郎が〈僕〉である。

ヒロイン〈お玉〉は高利貸し末蔵の妾であるが、揺れ動く心の動きが細かく描かれている。実現しない夢の悲しみと美しさがある。

林太郎の隠し妻〈児玉せき〉がモデルだと思って読むことができる。

『雁』の主人公お玉にそっくりである。

「暫くするとお玉は起って押入れを開けて、……白金巾の前掛けを出して腰に結んで、深い溜息を衝いて台所へ出た。同じ前掛でも絹のは此女の為に、一種の晴れ着になってゐて、台所へ出るときは掛けぬことにしてある」

このような精細な描写は、体験者でなければ書けない。

## 〈第三節〉 再婚の妻・荒木茂子の喜びと悩み

1902（明治35）年1月4日、森林太郎（40歳）は、荒木茂子（21歳）と結婚した。共に再婚であったが、夫婦水入らずの小倉新婚生活は、3か月足らずの期間だった。娘の杏奴《あんぬ》が、「結婚していつが一番楽しかったのか」と聞くと、「そうだねえ、やっぱり二人限《ぎり》で小倉にいた頃だったろうねえ」と茂子は答えている。

以後は、観潮楼で、母・峰子、先妻の子の於菟らとの同居生活である。観潮楼での生活は、峰子が家計をはじめ一切を取り仕切っていた。峰子と茂子との不和が表面化した。

森林太郎は、自分と妻茂子と母・峰子との三人のただならぬ緊張した関係を小説『半日』に書き、「スバル」1909（明治42）年3月号に発表したが、妻・茂子が反対したため単行本には収められなかった。

奥さんは生まれつきの寝坊、母親は毎朝、早起きで台所である。「おや、まだお湯は沸かないのかねえ」と鋭い声が、下女に苦情を言った。

鷗外が40歳で再婚した妻茂子
（世田谷区立世田谷文学館蔵）

たちまち奥さんが白い華奢な手を伸べて、家着を跳ね上げた。「まあ、何といふ声だろう。いつもあの声で玉が目を醒ましてしまふ」

「年寄は年の寄るのを忘れて、子供のことを思っている。子供は勉強をして親を喜ばせるのを楽しみにしている。金も何もありやしない。心と腕とが財産なのだ。それで内じゅう揃って奮闘的生活をしていたのだ。その時は希望の光が家に満ちていて、親子兄弟が顔を合わせれば、笑顔が起こったものだ」

これが、林太郎の本心だった。

母・峰子の容姿は端正で、質素なひっつめ髪に結い、知的な広い額から品のよい鼻筋がすうっと通って理知的な顔立ちを保っていた。

『半日』は、1951（昭和26）年9月『鷗外全集』に初めて収められた。口語体で書かれた嫁姑問題である。当時、森家で展開された実話である。

茂子は、「私の生きているうちは『半日』は出さないで」と強く言っていた。

1906(明治39)年1月12日、日露戦争の凱旋後、森林太郎は本郷観潮楼の自宅に帰宅し家族や友人らと夜更けまで祝宴であった。

その後、林太郎は深夜、約7キロを2時間近く歩いて芝区明舟町まで帰った。深夜、玄関は閉まっていた。

「開けてくれ、俺だ、俺だ」という声で、茂子は玄関まで夢中で走った。

小倉出発前観潮楼前の林太郎
(国立国会図書館「近代日本人の肖像」より)

## 〈第四節〉 小倉時代の森林太郎

『鷗外漁史とは誰ぞ』。1900(明治33)年の元旦、福岡日日新聞の記事である。

「予が医学を以て相交はる人は、他は小説家だから与に医学を談ずるには足らないと云ひ、予が官職を以て相対する人は、他は小説家だから重事を托するには足らないと云つて、暗々裡に我進歩を礙げ、我成功を挫いたことは幾何といふことを知らず。……鷗外漁史はこゝに死んだ」と宣言し、「鷗外は殺されても、予は決して死んでは居ない」と最後に結んだ。

小倉時代3年間、事実を見ると大活躍している。幾つか列挙してみよう。

一、軍医部長として軍医・兵卒らの演習を雨中に馬上から指導している。

二、『審美新説』などを春陽堂から出版している。

三、「明治34年1月15日　微雨　夜即興詩人を訳し畢る」

四、明治34年6月、石版刷の『戦論』が小倉師団から刊行された。

教育会の依頼で「普通教育の軍人精神に及ぼす影響」の講演をしている。

10月13日には、「倫理学説の岐路」の講演で各種の倫理学説を、①横柄主義と自主主義、②先天主義と経験主義、③思議主義と感情主義、④個人主義と普遍主義、⑤主看主義と客観主義の5項目で説明し、「利他を以て間接自利と為す」で結んでいる。翌年元日に、福岡日日新聞に掲載されている。

以上、「予は決して死んでは居ない」の証言を列挙した。証言はまだ殆ど無数にある。

結論は〈鷗外は菅原道真ではない。左遷されていない〉である。

森林太郎は「東京であればもっと大活躍できた」と思っていた。

小倉北区鍛冶町の鷗外旧居

『小倉日記』や、母・峰子への書簡にも「第一師団軍医部長」への思いが度々出ている。小倉赴任の最初に「左遷された」と言ったことを修正しなかった。森林太郎の性格は、「前言を翻すことを潔しとはしない」である。

日本国家として冷静に客観的に考えれば、〈参謀本部人事説〉である。

日清戦争後、「戦後十年計画」が実施されている。陸軍倍増計画で6師団が12師団となり、日露開戦の最前線師団が小倉の第十二師団である。

「クラウゼヴィッツ著『戦争論』翻訳は森林太郎にしかできない。日露開戦の最前線の小倉師団軍医部長として赴任させる」

国家の命運がかかっていた。その命運を左右するのは軍隊である。軍医部は軍隊の背後に従う兵站《へいたん》部に所属し、参謀本部の命令を受ける立場である。

小倉時代の三部作『鶏』には、石田小介少佐参謀の体験談が描かれている。

「花壇の処で、妙な声が聞こえた。何か盛んに喋っている。この女の今喋っているのが、純粋な豊前語である。サアベルをさして馬に騎っている者は何をしても好いと思うのは心得違いである」

「垣の上の女は雄弁家ではある。しかしいかなる雄弁家も一の論題について喋り得る論旨には限がある。垣の上の女も思想が枯渇した〝ええとも、こんど来たら鶏は絞めてしまうから〟と言い放って、南瓜に似た首をひっこめた」

当時は日本が日清戦争に勝利した直後である。石田少佐は馬に乗って町を駆け巡る身分であった。2頭の馬を持っていた。

『独身』は、大野豊採炭会社理事長が独身者として描かれている。

冬のある日、病院長の富田と裁判所長の戸川が来て雑談している。

三人の年齢は、ほぼ40歳である。

「有妻無妻の議論」が始まった。

大野は酒を飲まず、ただ黙々と〝うどん〟を食って二人の雑談を笑顔で静かに聞いている。

最後は、東京の祖母からの手紙である。

「高島田の姿、初て見候時には、実に驚き申候。世の中にこの様なる美しき人もあるかと、不思議に思われ候」

大野は手紙を読み、「これからどんな夢を見ることやら」、これが結びの文である。


『二人の友』の中心人物は、「私、F君、安国寺さん」の三人である。

突然、若い男が「ドイツ語を教えて欲しい」と私を訪ねて来た。

このF君（福間博）にドイツ語の『心理学』を読ませると、簡単に翻訳できた。「東京から来て金がなくなったので、暫く同居させてほしい」と言う。

いま一人は安国寺の住職玉水俊虠《しゅんこ》である。

私がフランス語の話をすると、F君は「僕は二つの語を浅く知るより、一つの語を深く知りたいのです」と答えた。私は「亦一説だね」と答えた。

F君は文法にこだわり教えるが、私は仏典に詳しい安国寺さんに理解しやすいように仏教の言葉を使ってケーベルの『哲学入門』を教えた。

文法にこだわるF君は、安国寺さんをひどく苦しめた。

私と二人の友との三角関係が面白く描かれている。

『ベルツの日記』1900（明治33）年9月16日（東京）

「いそがしい一日。まず午前、宮内省へ、徳大寺内大臣のもとに。次に、天皇・皇后への奉伺記帳。それから大学へ出勤、そこで仕事。12時半、東宮のもとで午餐。側近の宮内官以外には、未来の参謀総長と目されている田村将軍のみ。食後、有栖川宮が来られた」

森林太郎がクラウゼヴィッツ『戦争論』を翻訳したのは、この田村将軍（ドイツ留学時の早川大尉）の依頼から始まっている。

日露戦争開戦前夜の話である。

# 《第八章》
# 陸軍軍医総監、陸軍省医務局長となる

## 〈第一節〉なぜ、二本足の活動なのか？

当時、陸軍の最高人事権は、山県有朋（1838〜1922）が握っていた。政治の世界には裏がある。賀古鶴所（1855〜1931）は、それを熟知していた。

1888（明治21）年2月から、翌年10月9日まで山県有朋の欧米出張に、賀古は随行医官として渡欧している。

小説『舞姫』の天方伯爵のモデルは山県有朋であり、相沢謙吉のモデルは賀古鶴所である。

1906（明治39）年、賀古鶴所が森林太郎・鷗外と打ち合わせして、日本橋浜町の料亭常磐に佐々木信綱、井上通泰らを招いて歌会を起こすことを相談した。賀古鶴所が公爵山県有朋に報告し支援を取り付けた。

飯田町の賀古邸と山県の椿山荘で交互に歌会が開催されることになり、〈常磐会〉が

終生の友、賀古鶴所
遺書も賀古宛であった
（文京区立森鷗外記念館蔵）

『舞姫』の天方伯爵の
モデルと言われる山県有朋
（国立国会図書館「近代日本人の肖像」より）

発足した。

常磐会は、山県有朋を中心として催された歌会で、森鷗外、賀古が幹事を務めた。

1907（明治40）年7月21日、歌会の題は「藤」であった。

「門に待つしのびぐるまのしぢのうへに藤の花ちるよもぎふのやど」

鷗外は、王朝物語の一場面に依って、この和歌を詠んだ。

『源氏物語』の一節、末摘花の荒れ果てた屋敷の前を、光源氏が数年ぶりに牛車に乗って通りかかった。

当時の鷗外の心が、この和歌に窺える。

1905（明治38）年、日露戦争従軍中の奉天における森鷗外

明治時代、日本陸軍の最高権力者は山県有朋であった。

森林太郎は世間には裏も表もあることを知り、それを活用している。そこが、他の作家たちと違った特性であった。

小倉時代の森林太郎軍医部長の給与は、莫大であった。

１８９９（明治32）年６月６日、「陸軍給与令」が改正された。

森鷗外は陸軍第十二師団軍医部長、役付は軍医監で少将格である。俸給は年額１５７５円、職務給の年額１５７５円である。これを合計すると３１５０円である。

さらに森林太郎は日清戦争に参

戦し勲六等単光旭日章を受けているので、この年金として500円が支給され、総計360円となる。月額にすると30４円である。ちなみに最下級の二等兵の給与は月額90銭である。

初代小倉市長の俸給は、年額３００円であった。

### 〈第二節〉 なぜ「スバル」を創刊したのか？

１９０７（明治40）年11月13日、森林太郎は陸軍軍医総監に任じられ、陸軍省医務局長を命じられた。

１９０９（明治42）年1月、「スバル」が創刊された。裏表紙に鷗外の顔のカリカチュアが掲載された。「スバル」の後ろ楯に鷗外がいることが一目でわかる仕掛けである。

創刊号の巻頭を飾ったのは、鷗外の戯曲『プルムウラ』であった。第2号には、与謝野晶子や木下杢太郎らが戯曲を発表している。

「スバル」という雑誌名も、鷗外が提案している。鷗外自身、毎号に作品を寄稿している。この雑誌の保護者は陸軍軍医総監森林太郎であった。

7月1日の「スバル」に、小説『ヰタ・セクスアリス』が森林太郎の名で掲載された。『ヰタ・セクスアリス』（Ｖｉｔａ ｓｅｘｕａｌｉｓ）は、「性的生涯」の意であり、森林太郎・鷗外の作品中唯一発行禁止処分を蒙っている。

政治の裏を知っている森林太郎は、それは、一時的なものであるということも知っていた。

1912（明治45・大正元）年7月30日、明治天皇が崩御された。

9月13日、乃木希典夫妻が殉死した。

雑誌「スバル」創刊号の表紙

9月18日、『興津彌五右衛門の遺書』を執筆し、「中央公論」に鷗外の著名で発表した。歴史小説の形で、彼の乃木殉死に対する思いを寄せたのである。

森林太郎・鷗外は、以後、毎年のように歴史小説を発表している。

政治と文学、両面での大活躍、二本足の大活躍である。

## 〈第三節〉『歴史其儘と歴史離れ』とは？

1914（大正3）年12月10日、「晴。山椒大夫を校し畢る。歴史其儘と歴史離れの文を草して佐々木信綱にわたす。心の花に載せむためなり」とある（『鷗外全集』第26巻「あとがき」）。

1915（大正4）年1月、『歴史其儘と歴史離れ』が「心の花」に掲載された。

『山椒大夫』は、中世以来の代表的な説教節の一つ「さんせう大夫」を題材とした歴史小説である。幼くして父母と別れ、奴婢となった安寿と厨子王姉弟の受難、献身、慈愛を描いている。

「これは大事なお守だが、こん度逢ふまでお前に預けます」

「でも姉えさんにお守がなくては」

「あぶない目に逢ふお前にお守を預けます。晩にお前が帰らないと、きつと討手が掛かります。……お寺に這入つて隠しておもらひ」

山椒大夫一家の討手が、坂の下の沼の端で、小さい藁履《わらぐつ》を一足拾つた。それは安寿の履であつた。

厨子王は、丹後国守、正道《まさみち》となり、佐渡島に渡った。

粟の穂をついばむ雀を逐《お》う老婆がいた。

安寿恋しや、ほうやれほ。

厨子王恋しや、ほうやれほ。

両方の目に潤ひが出た。女は目が開いた。

「厨子王」と云ふ叫が女の口から出た。二人はぴつたり抱き合つた。


儒教思想を核にして在来の思想的・倫理観が崩れていく新時代の動向に強い関心を抱いていた鷗外は、その故に「歴史離れ」の作品として創作したと思われる。

「史実に忠実でない」という批判は、度外視して読んでみたい。

「他人は〈情〉を以て物を取り扱ふのに、わたくしは〈智〉を以て取り扱ふと云った人もある。わたくしの作品は概してdionysischでなくって、apollinischなのだ。わたくしはまだ作品をdionysischにしようとして努力したことはない」


Apollinisch（アポロ的）は、清澄な美しさである。

Dionysisch（野蛮人的）は、陶酔した激情的な感情表現である。


森鷗外には、ApollinischとDionysischの両面があった。場に応じて使い分けている。それが林太郎の特性の一つである。
「アポロ的ギリシア人には、ディオニュソス的なものが引き起こす作用もまた巨人的で野蛮人的だと思われたのだが、彼自身がしかも同時に、あの打倒された巨人や英雄たちと、内面的にはつながりがある事を自認しなければならなかった」（ニーチェ『悲劇の誕生』）
森林太郎はドイツ留学時代に文芸史・哲学について多くを学んでいるが、その重要な部分にニーチェ（1844〜1900）の哲学があった。

『阿部一族』が、1913（大正2）年「中央公論」1月号に掲載された。

1641（寛永18）年肥後国に起きた藩主細川忠利病没にともなう家臣18名の殉死、不許可の〈追腹〉を切った阿部弥一右衛門の一族が、新藩主の冷遇に抗し籠城、武門の意地で討手の軍と激闘、全滅に至った武士の物語である。

「この作品の持つ文体の美しさを享受すべきだ」と言われている。

『阿部一族』前半にある文章が見事である。

「二羽の鷹が輪をかいて飛んでいた……人人が不思議がって見ているうちに、二羽が尾と嘴と触れるように跡先に続いて、さっと落として来て、桜の下の井の中にはいった」

「阿部一族の死骸は井出の口に引き出して、吟味せられた。白川で一人一人の創を洗って見た時、柄本又七郎の槍に胸板を衝き抜かれた彌五兵衛の創は、誰の受けた創よりも立派であったので、又七郎はいよいよ面目を施した」

この結びを、どう読めばよいのか。

矛盾に満ちた人間の姿や、統一感のない世界を描いて、意外な結末が投げ出されている。これもまた、鷗外である。

『高瀬舟』は、1916（大正5）年「中央公論」1月号に掲載された。弟殺しの罪に問われた流人喜助と、これを高瀬舟で護送する同心、羽田庄兵衛との朧夜の対話である。

①貧しくて知恵も方法も持たぬ喜助が、お奉行様に問うのである。護送の同心、羽田庄兵衛を不思議がらせた、罪人喜助の、明るく、楽しそうな安心しきった境地が〈知足《ちそく》〉である。

②安楽死の問題が主題となっている。

筆者は、「夏目漱石の筆になる女性の形姿が、かなり単調であるに比して、鷗外の筆になる女性の姿が生動の趣を帯びている」とつくづく感じている。

『安井夫人』のお佐代さんは「国の小町」と評判されていたが、姉・豊が断った不男《ぶおとこ》息軒《そくけん》に、自ら進んで嫁した後、立派に儒者の妻として内助の功を収め尽くした女性として描かれている。

「浦賀へ米艦が来て、天下多事の秋となったのは、仲平が四十八、お佐代さんが三十五の時である。……お佐代さんは四十五の時に稍重い病気をして直ったが、五十の歳暮から又床に就いて、五十一になった年の正月四日に亡くなった。夫仲平が六十四になった年である。……お佐代さんは何を望んだか。世間の賢い人は夫の栄達を望んだのだと云ってしまふだろう。これを書くわたしもそれを否定することは出来ない。併し若し商人が資本を卸し財利を謀るやうに、お佐代さんが労苦と忍耐とを夫に提供して、まだ報酬を得ぬうちに亡くなったのだと云ふなら、わたしは不敏にしてそれに同意することが出来ない」

「これまでただ美しいとばかり言われて人形同様に思われていたお佐代さんは、繭を破って出た蛾のようにその控え目な、内気な態度を脱却して、多数の若い書生達の出入

小説『高瀬舟』の舞台となった京都高瀬川

りする家で、天晴地歩を占めた夫人になりおおせた」と、賛辞を惜しまない。

『最後の一句』は、沖船頭新七の身替りに、3日間の曝首斬罪に処せられた桂屋太郎兵衛の16歳の長女いちが父の助命を奉行所に願い出た事件の顚末である。

純粋な孝心に発動した不退転の決意がついに役人を動かしめでたく父は救われた物語である。

封建独裁の判決に対して晴れやらぬ疑惑と父への孝心が強烈に内燃高揚した挙句「お上の事には間違いはございますまいから」と冷ややかに吐き捨てたいちの警句は寸鉄人を刺す鋭さがこ

もっていた。

## 〈第四節〉『諸国物語』など、翻訳で大活躍

1913（大正2）年4月7日～5月3日、森林太郎・鷗外はシェークスピア『マクベス』Macbethのドイツ語の翻訳をさらに日本語に重訳した。

スコットランドの武将マクベスは、ダンカン王のために戦い勝利を得た。帰路、荒野で出会った三人の魔女はマクベスを未来の王と呼ぶ。妻にそそのかされ、自分の城を訪れてきた国王ダンカンを殺して王位についた。マクベスの暴政をのろう声は全国に広がり、反乱が起こる。

「バーナムの森が動いたりしなければ、敗れることはない」という魔女の予言に自信を得た。しかし、ダンカン王の遺児マルカムの軍隊は、森の枝をかざして姿を隠しながらマクベスの城に進撃してきた。マクベスは野心がみたされると同時に、今度は失われることへの不安と良心の苦悩に責めさいなまれ、悲壮な最期をとげたのである。

シェークスピア翻訳者として有名な坪内逍遥（1859～1935）に、訳文を送り意見を求めた。

その年の5月下旬、坪内逍遥は森林太郎・鷗外に返信している。

「其脱稿の例の如く神速なのに驚かされた。更に驚いたのは、原文が殆ど全く逐語譯に、英文（独訳）を其儘に譯出されていることであった。如何にも平易に、如何にも流暢に、牽強な比喩も、耳遠い典故も、込入った言ひ廻しも、殆ど日常の俗談平話のやうに楽々と譯されてゐる」

逍遥が感服しているのは、①神速なスピード、②翻訳の正確さ、③訳文のわかりやすさの3点である。

芥川龍之介（1892〜1927）が、鷗外の翻訳のようすを聞いて驚いている。

鷗外の訳文に感服した坪内逍遥
（国立国会図書館「近代日本人の肖像」より）

鷗外はドイツ語原文を5〜6頁読み、あとは原文を見ずに5〜6頁の訳文を雑誌記者に書きとらせていた。

『諸国物語』が重要である。

1915（大正4）年1月15日、鷗外は『諸国物語』〈北欧2編、フランス8編、ドイツ3篇、オーストリア9編、ロシア9編、アメリカ3

篇、合計34編の翻訳小説集〉を出版した。

ロシア9編の一つ、ドストエフスキー『鰐《わに》』が面白い。

「大丈夫です。食ひ付きはしません」

ドイツ人が不機嫌になったのに気の付いたと同時に、突然恐ろしい、殆ど不自然だとも云うべき叫び声が小屋の空気を振動させた。……イワンは一生懸命手足を動かしていたが、それはただ一刹那のことで、たちまち姿は見えなくなった。

アメリカ3篇の一つ、『黒猫』で有名なエドガー・アラン・ポーの『十三時』もある。『諸国物語』の翻訳は、まさに大文豪・鷗外ならではのスケールの大きな仕事であり、明治大正期の文学者に与えた影響力は絶大なものがあった。

石川淳（1899～1987）は、次のように語っている。

「影響は水の底への如く文学の場から作者の心にまで沈んで行って、そこに作者の位置を顚倒させるような新課題を台頭させるに至った。すなわち、めいめいの身に於いて切実に、小説とは何かと云うことを改めて考え出すことになった」

このような翻訳の仕事は、単なる量だけの問題ではない。

大正期の文学青年たちに莫大な影響を与えたことを中川与一、佐藤春夫らも指摘している。

陸軍医務局長時代の鷗外（国立国会図書館「近代日本人の肖像」より）

〈異文化にすっかり馴染むには、40年かかる〉と言われる。

森林太郎は『諸国物語』で「異文化に馴染め！」と、青年文学者たちに呼びかけたのである。

森林太郎には、複眼的な発想・思考が身についていた。

1916（大正5）年4月13日、森林太郎54歳、陸軍軍医総監、陸軍省医務局長を退いた。

# 《第九章》最高傑作『渋江抽斎』とは

『渋江抽斎《ちゅうさい》』は、1916（大正5）年1月13日から「大阪毎日新聞」、さらに「東京日日新聞」に115回にわたって連載された。

鷗外は古い武鑑を収集する時、渋江抽斎の朱の蔵書印を幾つも見つけた。この朱印の主は誰なのかという謎解きにのめり込んだ。

渋江抽斎は三度離婚、死別し、結婚には恵まれなかったが、40歳の時に、山内五百《いお》という理想の妻を迎えた。

五百は、武芸では〈男之助〉、文学では〈新清少納言〉と呼ばれた才色兼備の女性であった。

『渋江抽斎』、その六十一。

ある貴人の救済のために抽斎がやっと工面した八百両の金子を奪いに暴漢三人が来た。

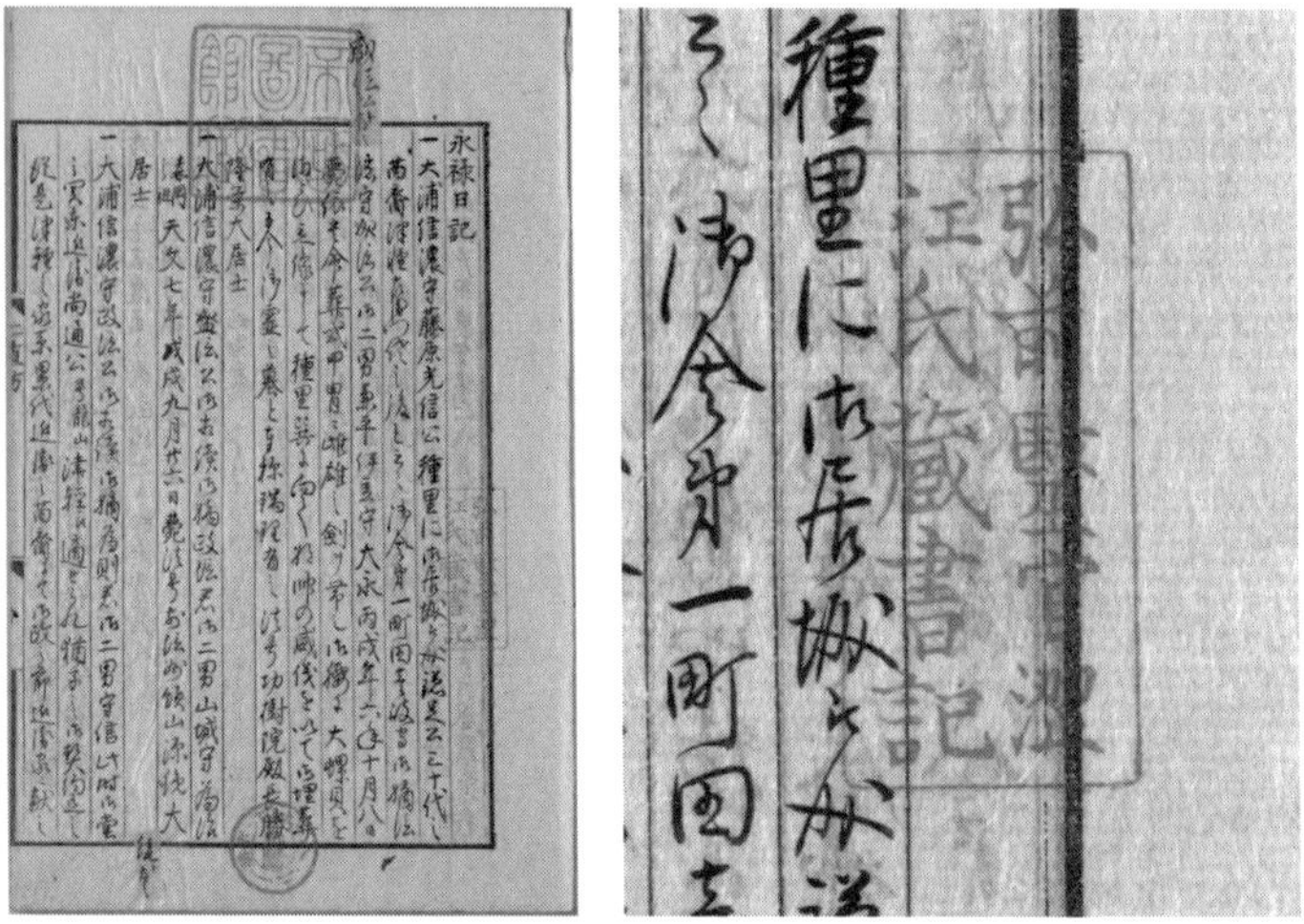

渋江全善（抽斎）『永禄至宝永御国許日記』写、1844（天保15）より渋江抽斎蔵書印
印影に「弘前醫官渋江氏蔵書記」とある（右は蔵書印部を拡大）
（国立国会図書館デジタルコレクションより）

抽斎は、妻・五百の異様な姿に驚いた。

「五百は僅《わずか》に腰巻一つ身に著《つ》けたばかりの裸体であった。口には懐剣を銜《くわ》えていた。小桶二つを両手に、小桶から湯気が立ち升《のぼ》っている。五百は小桶を左右の二人の客に投げつけ、銜えていた懐剣を把《と》って鞘を払った。一人の客を睨んで〝どろぼう〟と一声叫んだ」

五百は大声で暴漢を追い払ったというのである。

ペリー来航で時世が急変し、弘前藩の本拠である津軽へ移す時、コレラが流行し渋江抽斎も突然死んだ。この時、五百は43歳であり、わずか2歳で家督相続した長男の成善（保《たもつ》）が一家の生計を立てていかねばならなかった。

成善は近習小姓の職があるので、毎日登城することになった。14歳の時、藩学の助教になり、生徒に経書を教えていた。

文久二年、成善は藩主から奨学金二百匹を受けた。

五百から「あれは書物が御飯より好きだから」と言われていた。

抽斎の遺族の中心は長男の成善＝保である。保は時代の変遷にもっとも敏感に反応し、師範学校、慶應義塾を卒業し、やがて新聞記者となった。

成善は母・五百を弘前に残して、単身東京に出ていくことを決心した。

成善は藩學の職を辞して、この年3月21日、母・五百と水杯を酌み交わして別れた。

この時、成善は15歳、五百は56歳であった。

翌年、五百は保と再会した。

『渋江抽斎』、その百五。

「おっ母様、どうかなすったのですか」保は後ろを見た。

五百の目は直視し、口角からは涎が流れていた。

保は「おっ母様、おっ母様」と叫んだ。

五百は「あゝ」と一声答えたが、人事をせず。

保は床を敷いて母を寝かせ、自ら医師の許へ走った。

『渋江抽斎』、その百六。

五百は遂に十四日の午前七時に絶命した。

『渋江抽斎』の自在な文の運び、リズム、まさしく自身の〈客観的相関物〉とでもいうべき抽斎を語る鷗外の筆は、作家としての至福の時を語るかのようである。

《第十章》

# 遺言「森林太郎トシテ死セントス」

1917（大正6）年12月25日、宮内省帝室博物館総長兼図書頭となる。鷗外は上野の東京帝室博物館と虎ノ門にある宮内省図書寮に出勤し、毎年秋、1か月ほど奈良に出張して正倉院曝涼などに携わった。

1918（大正7）年11月3日朝、東京発。11月29日夕、奈良着。これを、1919（大正8）年、1920（大正9）年、1921（大正10）年、1922（大正11）年と、忠実に繰り返している。

1922（大正11）年4月30日夜、東京発。5月17日奈良着。英国皇太子エドワード公の来日により臨時の正倉院開閉に携わったのである。

晩年の鷗外は誠実に職務を果たしている。

1922（大正11）年、7月9日、死去。享年60。

遺言「余ハ少年ノ時ヨリ老死ニ至ルマデ一切秘密無ク交際シタル友ハ　賀古鶴所君ナリ　ココニ死ニ臨ンテ　賀古君ノ一筆ヲ煩ハス　死ハ一切ヲ打チ切ル重大事件ナリ　奈何ナル官憲威力ト雖　此ニ反抗スル事ヲ得スト信ス　余ハ石見人森林太郎トシテ死セン

1917（大正6）年頃の鷗外
（国立国会図書館「近代日本人の肖像」より）

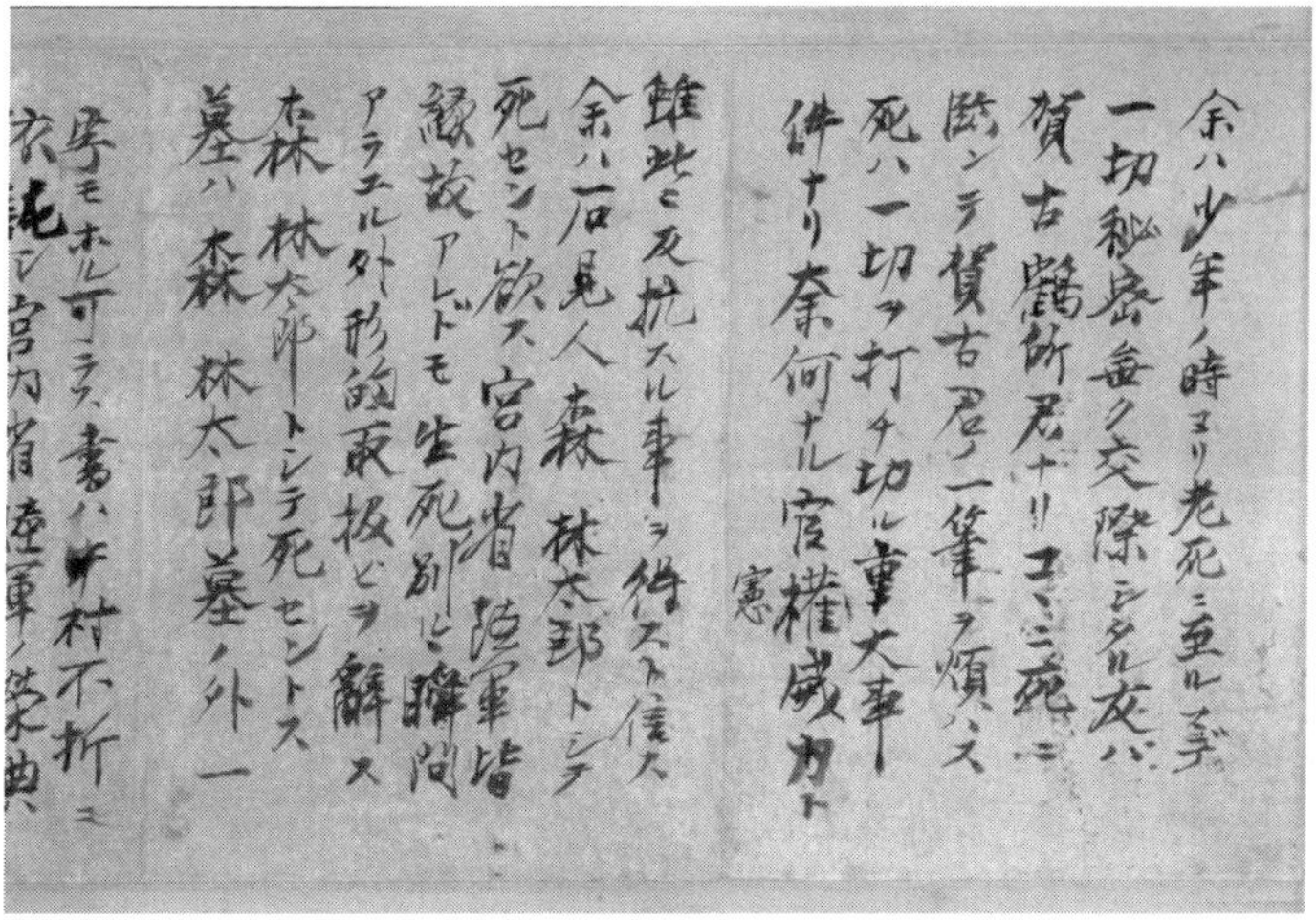

余ハ少年ノ時ヨリ老死ニ至ルマデ
一切秘密無ク交際シタル友ハ
賀古鶴所君ナリコゝニ死ニ
臨ンデ賀古君ノ一筆ヲ煩ハス
死ハ一切ヲ打チ切ル重大事
件ナリ奈何ナル官憲権威力ト
雖此ニ反抗スル事ヲ得スト信ス
余ハ石見人森 林太郎トシテ
死セント欲ス宮内省陸軍皆
縁故アレドモ生死別ルゝ瞬間
アラユル外形的取扱ヒヲ辞ス
森 林太郎トシテ死セントス
墓ハ森 林太郎墓ノ外一
字モホル可ラス書ハ中村不折ニ
依託シ宮内省陸軍ノ栄典ハ

賀古鶴所にあてた遺言状〈部分〉（文京区立森鷗外記念館蔵）

ト欲ス　宮内省陸軍皆縁故アレドモ生死ノ別ル、瞬間　アラユル外形的取扱ヒヲ辞ス　森林太郎トシテ死セントス　墓ハ森林太郎墓ノ外一字モホル可ラス」（以下略）　大正十一年七月六日
森林太郎　言　拇印　賀古鶴所　書

〈意識が不明になって、御危篤に陥る一寸《ちょっと》前の夜のことでした。枕元に侍していた私は、突然、博士の大きな声に驚かされました。

「馬鹿らしい！　馬鹿らしい！」

そのお声は全く突然で、そして大きく太く高く、それが臨終の床にあるお方の声とは思われないほど力のこもった、そして明晰なはっきりとしたお声でした。
「どうかなさいましたか。」
私は静かにお枕元にいざり寄って、お顔色を覗きましたが、それきりお答えはなくて、うとうとと眠を嗜むで居られる御様子でした〉
（『家庭雑誌』第8巻11号 伊藤久子「感激に満ちた二週日 文豪 森鷗外先生の臨終に侍するの記」）

遺言状の文面「森林太郎墓ノ外一字モホル可ラス」の真意は何だったのかなど、さまざまな見解がある。
「枢密院議長元帥陸軍大将従一位大勲位功一級公爵山縣有朋之墓」と「森林太郎墓」と、二つを比較すると良く分かる。

1922（大正11）年7月9日、昏睡する森林太郎に「パッパ死んじゃいや！」と取りすがる茂子に、臨席していた賀古鶴所が「見苦しい！ 黙れ！」と怒鳴りつけた。林太郎と茂子の末子、類《るい》は「哀れに見えこそすれ、見苦しくは見えなかった筈である」と述べている。

# 《終章》 なぜ、森鷗外は大文豪なのか？

森林太郎は陸軍軍医としてドイツに留学し衛生学を学び、軍医として昇進する一方、翻訳・評論・創作、文芸誌刊行などの多彩な文学活動を展開した。

共訳詩集「於母影」などにより浪漫主義、理想主義の確立に貢献した。

『即興詩人』『ファウスト』翻訳は、名訳として名高い。

小説『舞姫』『青年』『雁』などを発表、反自然主義の巨匠と目された。

『渋江抽斎』の「五百」、『山椒大夫』の「安寿」、『安井夫人』の「佐代」、『最後の一句』の「いち」など、鷗外の歴史小説に登場する女性は、理知的で毅然とした人柄である。

明治・大正・昭和を通して鷗外と漱石は並び称されている。

新幹線で旅すると大きな山や大きな入り江が見える。遠くに屹立《きつりつ》する二つの高峰がある。それが鷗外と漱石である。鷗外も漱石も、背は小柄ながら近代日本に生まれた大人物である。単なる作家ではない。最高の知識人である。

東洋の一隅に生まれ、西洋を貪欲に学びつつ、国粋主義者に陥らず、自分たちの進むべき道を示そうとした。

森林太郎・鷗外は、大文豪として多くの業績を残している。それは近代の全ての知識人の一致した評価である。

しかし文豪・鷗外には、反省すべき三点があると思われる。
①追いかけて来たドイツ娘と結婚しなかった。
林太郎は、家族と話し合ったが、屈せざるを得なかった。
②「小倉人事は軍医部人事だ」と誤認していた。
『消された名参謀　田村将軍の真実』（水曜社）に記しているように日露戦争直前の、参謀本部人事であったのではないか。
③脚気論争で海軍の経験主義医学に敗北している。
海軍軍医監高木兼寛《たかきかねひろ》は、船員に脚気がないことに気付いた。

林太郎は、顕微鏡で調べれば「細菌が発見される」と考え、間違った。

後に、ビタミンが発見され脚気の原因がわかった。

津和野の覚皇山（かくおうざん）永明寺（ようめいじ）にある林太郎の墓。
「墓ハ森林太郎墓ノ外一字モホル可ラス」との遺言の通り、
「森林太郎墓」とのみ掘ってある

人間は神様ではない。偉大なことを成し遂げた人物にも欠点はある。

森林太郎は大文豪として多くの作品を世に残したが、同時に失敗もしている。だから後世の我々は、人間森林太郎・鷗外に親しみを持てるのではなかろうか。

『湯川秀樹自選集 1 学問と人生』（朝日新聞社、1971〈昭和46〉年刊）、112頁に、次の文章がある。

「鷗外は『舞姫』『うたかたの記』『文づかい』を発表して間もなく、『即興詩人』を訳しはじめている。しかしこの訳が終わった頃から鷗外のロマンチシズムは、だんだん表面から姿を消していった。軍医部長から軍医総監への道を辿りつつも、文筆を捨てなかった鷗外は、心の底で何を考えていたのか。後期の伝記物のように極端に渋いものへの異常に大きな振幅は、何を物語っているのか。非常に西欧的であり、また非常に儒教的でもあったように見える鷗外、いわずにしまったことの非常に多いように見える鷗外、……半世紀あとに生れてきた私には結局わかりそうもない。しかし人間の特色は、たいていの場合、二十歳代に一番よくあらわれる。鷗外もその例外でなさそうな気がする」

湯川秀樹（1907〜81）は、中間子の存在を予言し、その後、素粒子の統一理論へと発展させた。核兵器反対の平和運動にも活躍。1949（昭和24）年、日本人最初のノーベル賞受賞者となった偉大な物理学者である。

湯川秀樹が、文豪・鷗外の活動・人物を尊敬していたことがよくわかる。

森林太郎も一人の人間として出発している。どのようにして大文豪・鷗外となったのかを、林太郎の人生を通して探ったのが本書である。

# あとがき

『森林太郎から文豪・鷗外へ』は、著者の私にとって限りなき冒険の書である。

1981年以来、各種の文献・資料を読み、途中、幾度か論文を書いているが、まだ不十分、未完成である。

本書は、私の鷗外研究の途中経過である。私が産まれたのは、森林太郎の死後である。森林太郎がどのような人生を送ったのか。すべて謎であった。彼と私は、まるで別の人生を送っている。それをどのようにして知ることができるのか？

バイロン（1788〜1824）の〈事実は小説より奇なり〉、すべてが闇の中の手探りであった。

1981年49歳の時から、私の冒険が始まった。

図書館に通い、書店で関係書籍を購入し、少しずつ「森鷗外」の実像を追って来た。手元には購入した『鷗外全集』（全38巻）などたくさんの参考文献がある。

この時の結果は、「鷗外」誌の31号に『森鷗外の小倉時代――「戦論」翻訳をめぐって』として掲載された。故・長谷川泉理事長から「田村怡与造《いよぞう》と鷗外」の研究を依頼され、私は田村怡与造の故郷、山梨県立図書館を訪問した。

田村怡与造と森鷗外を結びつけたのは何なのか？　それが、本書誕生のきっかけである。鷗外は雅号である。本人の実名は森林太郎である。

森林太郎と田村怡与造の二人を結びつけたのはドイツ留学時代であった。『独逸日記』を読んでみると、林太郎は10か所以上に、「早川怡与造大尉」の名を書いている。二人が面談している事実があった。

「二十八日。早川大尉を訪ふ。桜桃子を食ひて閑話す」。これはその一例、１８８７（明治20）年7月28日の『独逸日記』である。

山梨県の田村本家を再訪問し新たに教えられることもあり、その経過と研究結果は『消された名参謀　田村将軍の真実』（水曜社）に記している。

本書は、『独逸日記』を書いた本人・森林太郎の実像を探る旅である。林太郎の生い立ちから順を追って、本人がどのような経験をし、努力し、勉強してきたのか？　彼の人間としての特徴は何なのか、彼自身の特異な性格は何なのかを探ったのが本書である。

〈群盲、象を撫す〉、私も群盲の一人である。巨象・鷗外の本質を正確につかめたであろうか？　皆様の忌憚のない御感想・御批判・御意見をお願いいたします。

最後になりましたが、本書の出版に当たっては、元陸上自衛隊一等陸佐（旧陸軍大佐相当）佐藤三征様、さらに学友、松永隆志様に原稿の段階からお世話になりました。また、北九州森鷗外記念会柏木修会長にも御助言を頂いています。感謝、この上なしです。

なお、水曜社仙道弘生社長は、企画の段階から、原稿の整理に至るまで多大な御助言を頂いています。伏して御礼を申し上げます。

2024（令和6）年3月吉日

石井　郁男

# 森鷗外略年表

1862（文久2）　1月19日、石見国津和野町藩主亀井家の典医森家で、父・静男、母・峰子の長男として誕生。養老館に学ぶ。

1872（明治5）10歳　父に従い上京、西周邸に寄寓。進文学舎（進文学社）で、ドイツ語を学ぶ。

1874（明治7）12歳　1月、東京医学校予科に入学。

1881（明治14）19歳　7月、東京大学医学部を卒業。卒業成績は28人中8番であった。12月、陸軍に入り、陸軍軍医（中尉相当）に任じられた。

1882（明治15）20歳　ドイツ語の医学書『醫政全書稿本』全12巻を翻訳。

1884（明治17）22歳　6月、ドイツ留学を命じられる。

1888（明治21）26歳　9月8日、横浜到着、帰国。9月12日、ドイツ女性、エリーゼ・ヴィーゲルト来日。陸軍大学校教官となる。

1889（明治22）27歳　2月、赤松登志子と結婚（媒酌人は西周）。

1890（明治23）28歳　1月、小説『舞姫』を発表。9月、長男於菟が誕生。11月、妻登志子と離婚。

1894（明治27）32歳　8月1日、日清戦争開戦、軍医部長として出征。

1895（明治28）33歳　10月、東京に凱旋。陸軍軍医学校長に復職。

1898（明治31）36歳　11月、『西周伝』を発行。

1899（明治32）37歳　6月8日、小倉第十二師団軍医部長に命じられる。「戦争論」を翻訳、アンデルセンの『即興詩人』を翻訳。

1902（明治35）40歳　1月4日、荒木茂子と再婚。3月14日、第一師団軍医部長を命じられ、東京に帰る。

1903（明治36）41歳　1月、長女茉莉が誕生。

1904（明治37）42歳　2月10日、日露戦争開戦。3月、軍医部長として出征。

1906（明治39）44歳　1月、東京に凱旋。

1907（明治40）45歳　8月、次男不律誕生。11月、陸軍軍医総監、陸軍省医務局長になる。

1909（明治42）47歳　5月、次女杏奴が誕生。『ヰタ・セクスアリス』発表。

1911（明治44）49歳　1月、大逆事件。2月、三男類が誕生。

1912（明治45／大正元）50歳　7月、明治天皇崩御。大葬の日、乃木希典夫妻殉死。

1913（大正2）51歳　ゲーテの『ファウスト』翻訳を出版。

1915（大正4）53歳　1月、『山椒大夫』を発表。

1916（大正5）54歳　5月、『渋江抽斎』の新聞連載開始。

1918（大正7）56歳　2月、『高瀬舟』を発行。

1922（大正11）60歳　7月9日、森林太郎死去。

**石井 郁男**（いしい・いくお）

1932年北九州市小倉生まれ。55年九州大学教育学部（教育原理）卒業。小・中・高等学校で40年間教壇に立った後、西南学院大学・九州国際大学・福岡県立大学・健和看護学院講師を務め、現在は、北九州森鷗外記念会理事。主著に『中学生の勉強法』『森鷗外小倉左遷の謎』『これならわかる日本の歴史Q＆A』（共著）、他に『はじめての哲学』『カントの生涯』『消された名参謀　田村将軍の真実』『霧ヶ岳の〝のろし〟小倉藩・白黒騒動』『猫から学んだ漱石』など著書多数。

森林太郎《もりりんたろう》から文豪《ぶんごう》・鷗外《おうがい》へ

発行日　二〇二四年三月二十七日　初版第一刷

著　者　石井 郁男

発行人　仙道 弘生

発行所　株式会社 水曜社
〒160－0022 東京都新宿区新宿一－三一－七
電　話　〇三－三三五一－八七六八
ファックス　〇三－五三六二－七二七九
URL：suiyosha.hondana.jp

装　幀　小田 純子

印　刷　日本ハイコム 株式会社



ISBN 978-4-88065-562-8　C0023

## この人たちの生き方

### 消された名参謀　田村将軍の真実

その名は、なぜ伝わらなかったのか？　誰が消したのか？　森鷗外とともに日清・日露戦争を勝利に導いた一軍人の生涯と、死のあとに残された闇とは？　石井郁男 著　四六判並製 1,980円

### カントの生涯　哲学の巨大な貯水池

驚くべき知恵の輝き、スケールの大きさ、時に悩み、悲しみ、笑う、等身大の大哲学者の実像……。「カント哲学」が物語で理解できる画期的伝記の誕生。　石井郁男 著　四六判並製 1,650円

### 野口英世とメリー・ダージス　明治・大正 偉人たちの国際結婚

百年以上前、黎明期の日本を背負った男たちと異国の妻たち。野口英世、高峰譲吉、松平忠厚、長井長義、鈴木大拙とその妻らの出会いと別れまで。　飯沼信子 著　四六判上製 1,980円

### メレル・ヴォーリズと一柳満喜子　愛が架ける橋

日本の華族令嬢は、のちに山の上ホテルなどを設計するカンザス生まれの貧しい青年と出逢う。逆境を乗り越え、世界をつなぐ「愛の架け橋」になろうとする。平松隆円 監訳　A5判上製 2,970円

### 楷書の絶唱　柳兼子伝

「民芸運動」柳宗悦の妻であり、工業デザイナー柳宗理の母。自らの力で活躍の場を切り開き、92歳で亡くなる日まで声楽家でありつづけた女性の生涯。　松橋桂子 著　A5判上製 3,850円

### 武智鉄二という藝術　あまりにコンテンポラリーな

「武智歌舞伎」で時代を湧かせ「愛染恭子」ホンバンを監督した男。「伝統」を守った男はなぜ「ポルノ」映画監督になったのか。時代を体現した芸術家の物語。　森彰英 著　A5判上製 3,080円

全国の書店でお買い求めください。価格は税込（10％）。